CHAOS
43

*Agli ultimi artigiani
della Valcellina*

ISBN 88-87881-69-3

prima edizione luglio 2002
seconda edizione dicembre 2002
prima ristampa luglio 2003
seconda ristampa novembre 2003
terza ristampa luglio 2005
quarta ristampa ottobre 2006
quinta ristampa giugno 2007
sesta ristampa gennaio 2008
settima ristampa aprile 2009

Via Villanova di Sotto, 24 - Pordenone

Mauro Corona

LA MONTAGNA

Chiacchierata con ventun giovani
all'osteria "Gallo Cedrone"
in una notte di primavera del 2002

Edizioni Biblioteca dell'Immagine

AVVERTENZA

Le parole che danno corpo a questo libercolo non vogliono, né potrebbero, avere pretesa letteraria giacché sono più o meno l'esatta sbobinatura (parola orribile, meglio sarebbe trasposizione) dell'incisione in nastro e CD che va a completare il contenuto del cofanetto. Si è avuta cura di lasciare le frasi tali quali come potranno essere udite in voce, togliendo al massimo le ripetizioni che immancabilmente un discorso diretto, e soprattutto fatto ad una certa ora della notte, porta con sé. L'irruenza istintiva che fa capolino nel trattare un tema a me caro come la montagna, ha prodotto un testo a volte venato di polemica e a tratti anche retorico. Spauracchi che i depositari del "come si deve scrivere" cacciano all'Inferno assieme all'autore senza benefici di condizionale. Ma quando ci vuole ci vuole. Perciò queste pagine non contengono letteratura in forma di racconto, romanzo, poesia o quant'altro. Sono uno sfogo, una protesta, una richiesta d'attenzione ai giovani che oggi più che mai ha buon motivo di essere espressa. La natura sta correndo un grosso rischio. Il rischio di piegarsi su se stessa e morire avvelenata come un fiore annaffiato da varechina. L'acido dell'inquinamento, dello sfruttamento, della superproduzione, del consumismo ad oltranza, della conquista dell'inutile, sta intossicando il pianeta. Cercare di opporsi al disastro che si profila è compito di tutti. Questo discorso, fatto a un gruppo di studenti in una vecchia osteria di Erto in ora tarda, è un tentativo di mettere sul chi vive la coscienza dei giovani, perché saranno loro in futuro a proteggere la salute del creato. La poca speranza rimasta in chi, come me, è conscio di combattere con i mulini a vento, è diventata sfogo. Ciò ha dato origine a un testo che qua e là può suonare aggressivo e antipatico. Ma così parlava il cuore in quel momento. Non è più con i silenzi sdegnosi o con i fioretti che si salvano la montagna e la natura in generale. Occorre alzare la voce. Tutti insieme. A costo di risultare antipatici. Bisogna far sapere che sappiamo. Nessuno può ancora nasconderci il pericolo che sta correndo la terra. E anche se spesso la fiducia viene meno, è doveroso tentare di salvarla. Soprattutto per coloro che verranno dopo di noi. Per i bambini del futuro, che rischiano di trovare a pezzi quel dono di Dio che noi abbiamo avuto la fortuna di accarezzare ancora intero.

Mauro Corona
Maggio 2002

Mauro Corona

LA MONTAGNA

Chiacchierata con ventun giovani
all'osteria "Gallo Cedrone"
in una notte di primavera del 2002

Ragazzi,
mi trovo di fronte a voi per parlarvi di montagna o della montagna.

L'occasione è che questo 2002 è un anno speciale. E' l'anno internazionale della montagna.

Non ho capito perché solo quest'anno. L'obiettivo di un "anno internazionale della montagna" è cercare di catturare l'attenzione, di spostare l'interesse del mondo verso un senso di protezione per la montagna, di rispetto. Ma io, un po' polemicamente, dico che non si può ricordarsi solo ogni tanto della montagna e proporre per lei qualche anno internazionale. Si dovrebbe essere attenti tutti i giorni alla montagna, e non solo a lei. Perchè lei non è una cosa privilegiata, un pezzo di terra favorita. Bisognerebbe prestare attenzione a tutta la natura: al mare, al deserto, alle colline, alle pianure, alle vigne, alle persone.

Ma visto che quest'anno è dedicato alla montagna, parleremo della montagna.

Innanzitutto cos'è la montagna?

Non è un ammasso di pietre o un insieme di terreni ripidi o delle protuberanze che si elevano per due, tre, ottomila metri. La montagna è una cosa diversa, se la vediamo con l'anima. Le cose della natura vanno viste innanzitutto con l'anima se vogliamo

M. CORONA 02
LA MADRE TE

averne rispetto. Le cose non guardate con l'anima o con il cuore non le si rispetta, e non danno emozioni.

Dio ha creato la natura, e di conseguenza la montagna, perché non poteva perdere tempo a tenerci tutti in braccio, a *rencurarci* (verbo ertano che significa "cullarci"). Quindi ha inventato questa madre che è la terra, e ha inventato la montagna che ci culla.

La montagna è una manifestazione di Dio, un regalo che dà la possibilità agli uomini di stare un po' meglio. Su questa montagna ha messo dei regali che ci aiutano a vivere: alberi, animali, frutti, l'acqua, molte cose. E, come una madre affettuosa, ci nutre e ci protegge. Succede che qualche figlio uccida la madre - può capitare un gesto di follia - o anche che una madre uccida il figlio. Ma una madre di regola va amata e rispettata. La montagna, come del resto tutte le cose della natura, va tenuta da conto. Ma in che modo la si tiene da conto? Sottraendole solo le cose che ci servono a vivere in manicra decorosa. Non si deve mirare all'arricchimento con i prodotti della montagna. Non può un boscaiolo avere una concessione illimitata di abbattimento. I comuni, e anche i privati, dovrebbero essere attenti a non permettere a un taglialegna di sottrarre alberi che gli rendano più di tre-quattro milioni al mese. Mettiamo anche cinque, perché è un lavoro faticoso. Ma oggi non è più faticoso come un tempo, perché il boscaiolo lavora quasi tutto a leve idrauliche. Il massimo sforzo glielo impone la motosega. Quando un boscaiolo guadagna quattro, cinque milioni al mese tagliando alberi, quelli gli devono bastare. Così la montagna non soffre perché riesce a riprodurli. Questo è un esempio di rispetto. Ma quando al bosco si "rubano" due camion al giorno da cento quintali, allora la montagna è sfruttata, spremuta come un limone. Due camion al giorno da cento quintali sono quattro milioni al giorno che prende un boscaiolo. Lo so che sono lordi, ma sono quattro milioni al giorno. Ammettiamo che, pagate le spese, gliene rimanga solo uno. In una stagione fate un po' i conti di cosa salta fuori. Questo significa distruggere la foresta. A un taglialegna non si può permettere di sfruttare il bosco perché deve sfoggiare la Ferrari o il fuoristrada ultimo modello. E' un affare vergognoso. La montagna non riesce a riprodurre gli alberi, perché troppi gliene vengono sottratti ogni giorno. Questo non è il modo per rispettarla. Quello dei taglialegna avidi è un piccolo esempio, uno dei tanti, ma potrei andare avanti fino ad arrivare al mare.

Si può uccidere una balena, gli antichi cacciatori lo facevano. Ma una balena bastava loro per mesi. Il discorso cambia quando ne uccidi quattrocento all'anno, come certi giapponesi. Allora sì che il mare comincia a perdere colpi. Non solo, ma poi c'è l'inquinamento. Questa madre che abbiamo avuto in dono, che è la terra, la stiamo uccidendo. E uccidendo la natura uccidiamo Dio un'altra volta. E uccidiamo noi stessi.

Tutto questo perché?

Per un problema semplicissimo, l'uomo vuole sempre più soldi. Ma per fare che di questi soldi? Cosa ci fa l'uomo di tanti miliardi? E perché ne vuole sempre di più?

Quando un uomo possiede, mettiamo, tre miliardi, perché ne vuole quattro? Eppure cerca in tutti i modi di arrivare a quei quattro. Siamo stati educati, specialmente nel Nordest, ad accumulare soldi. Ma bisogna anche saperli usare, i soldi. Darli ai poveri, ad esempio. Un individuo più che mangiare, dormire, avere un'automobile, non fa. Può avere l'orologio da trenta milioni, ma poi, quando spegne la luce per dormire, si agita. I valori materiali creano ansia, perché bisogna difenderli. Vivere è come scolpire: occorre togliere per vedere la scultura, per arrivare all'essenziale. Dopo una camminata in montagna di dieci ore, portando solo un paio di litri d'acqua, quando arrivate in paese e prendete un panino con la mortadella e una birra, quell'umile cibo vi sembrerà divino.

Dico questo premettendo che ognuno è libero di accumulare i soldi che vuole e spenderli come gli aggrada. Questo è un diritto di tutti che io rispetto anche se non condivido. Però se questa voglia di denaro, per poi non saperlo nemmeno spendere, fa sì che la montagna venga distrutta, allora mi sento in dovere di dirvi certe cose. Bisogna tornare indietro, tornare all'essenziale.

Vi siete mai chiesti perché una volta i boscaioli erano costretti a rispettare il bosco, di conseguenza la montagna? Ve lo dico subito. Perché un taglialegna dei più abili, di quelli dalla scure veloce, riusciva ad abbattere al massimo cinque tronchi di larice o di pino o di abete bianco al giorno.

E per tagliare cinque grossi tronchi in un giorno dovevi essere un boscaiolo raffinato. I boscaioli di Erto, Claut, Cellino erano bravi, ma non riuscivano a distruggere la montagna perché non arrivavano a tagliare più di cinque *taie* al dì. Se si trattava di legna da fuoco, quattro metri cubi.

Erano circa centocinquanta alberi in un mese.

E solo i boscaioli più forti ottenevano quel numero.

Oggi, centocinquanta alberi con la motosega li tagli in dieci minuti. Ma non solo: si possono scortecciare con delle lamine apposite montate sul trattore o sulla motosega. Per metterli sul camion c'è la gru. Il boscaiolo, non facendo più fatica e riducendo in maniera impressionante i tempi di lavoro, riesce a portare giù tre camion al giorno distruggendo così i boschi. Basti pensare alle foreste dell'Amazzonia, che le stanno annientando. Questo succede oggi! Potete intuire che un tempo la mancanza di mezzi faceva sì che il boscaiolo, inconsciamente, rispettasse la natura. Perché il boscaiolo più feroce dopo la quinta pianta doveva stare calmo e riposare. Ma non era solo per questo motivo. I vecchi boscaioli volevano bene alla loro montagna.

Ma dobbiamo andare avanti.

Come avvicinare la montagna?

Ecco, oggi manca una cultura, una conoscenza di come avvicinare la montagna.

Non si può andare su a casaccio solo perché si vede uno spot televisivo di due che camminano o arrampicano sgranocchiando cioccolata.

La conoscenza della montagna dovrebbe partire dalle scuole, soprattutto dalle elementari, dall'asilo.

Bisogna delegare le guide alpine a fare da professori, da maestri. Le guide alpine prendono i bambini in un giorno di sole, li portano nel bosco, li fanno camminare. Poi gli dicono: «Bambini, per uscire da qui, per tornare indietro, dovete lasciare dei segni: mucchietti di pietre, spezzare un rametto (non è che si danneggi l'albero spezzando un rametto), dimodoché se per caso vi perdete, i segni lasciati vi faranno ritrovare il percorso giusto».

Invece oggi i ragazzini, e anche gli adulti, vanno in giro per la montagna a occhio perché tutto è preconfezionato. Sentieri segnalati con i bollini rossi, con i bollini verdi, blu, tabelle, indicazioni. Ma ad un certo punto, vuoi per la nebbia, vuoi perché i bollini hanno perduto il colore, non si vedono più. E così uno si perde. Mai andare in montagna senza la conoscenza del territorio che si vuole visitare. Se uno non ha la conoscenza della zona, e non è neppure andato a scuola da un esperto che lo ha educato a lasciare i segni, allora deve accompagnarsi a qualcuno che quella zona la conosce.

Seconda regola: tre cose fondamentali da portare nello zaino.

In montagna può cambiare il tempo repentinamente. Da un sole splendido, in dieci minuti vi trovate nella pioggia, nella grandine, nella nebbia. In fondo allo zaino devono starci un temperino, un sacco di plastica, di quelli delle immondizie (pesa pochi grammi, ma vi salva la pelle) e un accendino.

Immaginate di smarrirvi in un bosco. Il sacco dell'immondizia di notte proteggerà il vostro corpo. Con l'accendino potete bruciare un pezzo di stoffa, lo zaino. Chi vi cerca dall'alto con l'elicottero vede la fiamma, il fumo, vi localizza.

Questi sono piccoli accorgimenti salvavita. Che pochi adottano. I più vanno in montagna a tentativi, senza riflettere.

Tornando a prima, la montagna va avvicinata a tappe, un po' alla volta. All'inizio sempre con qualcuno che la conosce bene. Non ci si deve avventurare su percorsi ignoti da soli. Si va con gente che quei sentieri li sa a memoria. E solo dopo che avrete imparato perfettamente un percorso potrete condurre qualcun'altro o percorrerlo da soli.

Altra regola è studiare sempre prima la gita progettata. Avere con sé una carta topografica, chiedere consigli ad un amico esperto, chiedere alla gente del posto informazioni sui sentieri della montagna. Perché la montagna da lontano sembra facile, ma quando vi infilate dentro vi trovate nel caos più totale e diventa oltremodo difficile orientarsi. Così è nel bosco fitto come sulla montagna nuda.

Bisogna avere l'umiltà di domandare informazioni a chi ne sa, soprattutto agli abitanti della zona.

Ma se uno vuole fare il solitario a tutti i costi, ricordi i consigli di cui sopra: mucchietti di pietre, un rametto rotto, un pezzo di spago annodato a un tronco. Creare una specie di filo di Arianna poco eclatante ma molto visibile. In modo che se uno si perde può sempre tornare sui suoi passi.

Dopo aver detto questo, passiamo a come vivere la montagna. Non certo portandoci dietro la città con tutti i suoi orpelli. Vedo sempre più spesso gente che frequenta zone stupende come la Val Cimoliana e non riesce a lasciare a casa le cose superflue. Che in città sono anche comode, sono anche utili, ma in montagna no. Non è naturale udire in un bosco, o sul bordo di un ruscello, radio a tutto volume perché alle quattro del pomeriggio si devono seguire le partite di calcio o il gran premio di Formula uno. Questa non è retorica, è che la montagna ha già i suoi suoni e bisogna riappropriarcene e ascoltare solo quelli.

Vivere la natura con tutti e cinque i sensi è goderne appieno.

Ho accompagnato persone in montagna che si spaventavano quando il capriolo lanciava il richiamo che assomiglia all'abbaiare di un cane. Avevano il terrore, non conoscevano quel verso, pensavano ad un cane feroce. Di questo ignorare hanno colpa anche le scuole, che non spiegano ai bambini i dettagli della loro montagna. Non parliamo poi della tv, che ripropone continuamente il leone che sbrana la gazzella, il coccodrillo che divora lo gnu, e Pippo Baudo che si pavoneggia. I nostri animali, i ragazzi quasi non li conoscono neppure.

Molti bambini, nelle scuole dove ho tenuto qualche lezione, mi hanno chiesto che tipo di uccello è la martora. Avevano letto un mio libro intitolato "Il volo della martora" e credevano che quest'ultima fosse un volatile. Non sapevano che la martora è un piccolo mammifero predatore. Un animaletto, per dare un'idea, assomigliante a uno scoiattolo, ma grande il doppio.

Dicevo prima, in montagna far lavorare i cinque sensi. Gli odori, i colori, i sapori, il tatto, l'udito, sono medicine per il corpo e l'anima. Quando vado in giro d'autunno mi accorgo che poca gente è interessata ai colori. Per troppa fretta non sfruttano la vista. Devono arrivare velocemente nel luogo agognato. Si prefiggono di andare su una montagna e puntano dritti lì. Siccome hanno fretta, durante il percorso non osservano i colori. E così per gli odori. Ci sono certi profumi in vicinanza di formicai o dove crescono mughetti, o fiori di stecco, o altri fiori, che penetrano nelle narici procurandoci un senso di completo benessere. Odori di pioggia, di umido, di foglie morte, di rocce spaccate, di mughi, risvegliano in noi la sopita naturalità. Gli odori sono una medicina, un'energia che l'uomo riceve gratis. Anche il palato in montagna trova le sue soddisfazioni. Ma bisogna imparare a riconoscere i frutti commestibili. Conducete un bambino in un bosco e la prima bacca che gli capita sottomano tenterà di mangiarla. Guai! Ci sono certe bacche che se le mangi rimani lì. Queste attenzioni bisogna insegnarle nelle scuole, perché oggi la montagna è molto frequentata e poco conosciuta. Occorre educare. Allora il bambino saprà che il mirtillo lo può mangiare e la belladonna no.

Sfido chiunque, anche qualche montanaro, a conoscere la differenza tra genziana e veratro. La genziana la mettete nella grappa o nel vino, vi fa digerire. Ma se mettete il veratro, che all'apparenza è quasi uguale, siete finiti. E' mortale. E così con i funghi. Quanta gente ogni anno si avvelena, anche mortalmente, perché raccoglie e mangia funghi senza conoscerli.

Impariamo a vivere la montagna con sapienza, ma mettendoci anche un pizzico di fantasia. E' chiaro che in una radura non vedrete lo gnomo che vi parla. Ma quando spira un certo vento, e vi concentrate, e ascoltate, sentirete delle emozioni, quasi delle voci, dei messaggi. In quel vento, in quelle arie, in quei rumori di torrenti, di ruscelli, in quei silenzi sospesi, brulica un'antica vita. La vita misteriosa dei ricordi, degli amici scomparsi, dei viandanti passati, delle anime nel cielo. Fermatevi un poco a riflettere di fronte a un abete bianco di cinquecento anni. Ragazzi, vi siete mai chiesti cosa avrà visto un albero in cinquecento anni? Pellegrini, boscaioli, pastori, dannati, forse omicidi, gesti d'amore, carezze, dolore. Qualcuno si è appoggiato a quel tronco per piangere. Perché non cercare di immaginare ciò che ha visto un grande albero? Mi piacerebbe scrivere delle pagine in cui un albero secolare mi racconta ciò che ha visto. Ma per farlo dovrò andare a sedermi ai suoi piedi.

Per sentire appieno la montagna non serve più salire su una vetta a conquistare qualcosa. La montagna la conquistate dal primo passo, perché è bella già da lì. Ma prima di tutto questo viene il rispetto. Bisogna rispettarla. Non sporcarla, ad esempio. Ricordo un episodio che ancora mi fa vergognare, perché anch'io ero stato educato male da bambino. Allora non c'era la cultura del portare a casa le immondizie. questo mi sono ravveduto molto tempo dopo, anche in virtù di una lezione ricevuta. Forse avevo diciassette o diciotto anni quando una domenica scalai il monte Duranno. Vi ero già salito la prima volta a dodici. Quel giorno, verso la fine di maggio, i primi di giugno, sulla montagna c'era ancora neve. Lungo il percorso incontrai un signore di Udine che mi piacerebbe rivedere. Ma credo sarà difficile perché allora aveva già sessant'anni. Quell'uomo di sessant'anni non era vecchio, ma a me, che ne avevo diciassette-diciotto, pareva vecchio. Mi chiese se gli davo una mano a salire in vetta perché lui stava per rinunciare. Ho detto «Andiamo!» e l'ho aiutato sui nevai finali fino in cima. Aveva i ramponi, insomma siamo arrivati in punta al Duranno. Lassù, dopo la stretta di mano, che non mancò di commuovere l'amico, e gli autografi sul libro delle ascensioni, ci mettemmo a contemplare il panorama. Lui tolse dallo zaino qualche cosa da mangiare e me ne offrì. Da bere aveva solo acqua. Io una bottiglia di birra da tre quarti. Sbocconcellando pane e formaggio e tirando dieci sorsi io e mezzo lui, finimmo la birra. Il sorso finale toccò a me, e fu un bene. Probabilmente senza quello non avrei ricevuto la lezione. Trangugiai le ultime gocce e buttai la bottiglia giù per il breve ghiaione della cima. Per me era un gesto normale. Il vetro non si ruppe, e l'uomo di Udine non parlò. Si alzò lentamente, percorse i pochi metri che lo separavano dalla bottiglia, la raccolse, risalì e la infilò nel suo zaino. Poco più tardi scendemmo, passammo al rifugio e da lì a Erto. La lezione mi servì. Da quel giorno non ho più lasciato in terra nemmeno un fiammifero usato.

A me avevano insegnato poco sul rispetto della montagna. Oggi ci sono molti mezzi per apprendere l'educazione ambientale. C'è la tv che, occorre dirlo, qualcosa di buono insegna. Ci sono gli ambientalisti. Il valore del pensiero si è modificato in meglio nei confronti della montagna. Bisogna incominciare a non sporcarla, quindi neanche imbrattarla di segni variopinti.

E qui accuso dolcemente anche il CAI, che ha sempre preconfezionato i sentieri, segnandoli con bollini multicolori invece che insegnare a trovarseli da soli, i percorsi.

Se ve lo trovate da soli un sentiero, da quello tornerete anche indietro. Se un ragazzo è stato educato bene, arricchisce la montagna con il valore del suo affetto, della sua presenza, della sua esperienza. E soprattutto non si perde. Rispettare la montagna è anche conoscere i propri limiti.

Io non posso pretendere di guidare un

bolide di Formula Uno. Oggi invece, pubblicità ridicole, miti fasulli e cattivi maestri vi fanno credere che potete guidare la Ferrari. In questo modo anche chi non è predisposto, o è poco allenato, o fisicamente non è adatto, si cimenta in imprese superiori alla sua portata. Non tutti possono fare un certo tipo di cose. I percorsi preconfezionati sono pericolosi. Le vie ferrate, ad esempio, hanno fatto quasi più morti delle arrampicate. Le ferrate mettono a rischio l'inesperto perché pensa: "Si va su di là, c'è il cavo d'acciaio, è facile". Pochi sanno che se scivolate lungo il cavo da un piolo all'altro della ferrata senza almeno un dissipatore all'imbrago (aggeggio che ammortizza lo strappo), il cordino da undici millimetri si tronca come reciso da un colpo d'ascia.

Invece gli inesperti continuano ad andare su con un pezzetto di cordino.

Ecco gli errori che si pagano con la vita.

Frequentata con naturalità, quella che predico sempre, la montagna diventa medicina.

Guarisce depressioni, qualche sconforto, malinconie. Insomma, ci fa stare meglio. A volte, in montagna, la malinconia può acuirsi, ma sarà una malinconia creativa, a fin di bene.

Allora quando tornate a casa sarete stimolati a fare qualcosa di buono e ritroverete un gioioso entusiasmo. Però in montagna bisogna andarci con umiltà e fede.

Abbiamo parlato del rispetto.

Parliamo adesso della montagna fonte di vita. Dio ce l'ha regalata per prendere quello che ci serve a vivere e basta. Non una foglia in più. Oggi la caccia non è più necessaria alla sopravvivenza. In un paese civile la caccia andrebbe abolita. Ma come pensare di abolire la caccia? Vi sono quasi due milioni di cacciatori. Sapete quanti soldi significano? Licenze, fucili, cartucce, abbigliamento, riviste. Tutto a caro prezzo. Moltiplicato per due milioni di persone paganti. Quando ero bambino andavamo a caccia per mangiare. E si mangiava tutto, perfino gli zoccoli dei camosci si facevano bollire. Il pezzo più bello andava al medico e l'altro pezzo, di filetto, al prete. Non per ruffianismo, ma perché potevamo aver bisogno di loro. Ricordo cacciatori che si facevano il segno della croce dopo aver ucciso un animale. E lo ringraziavano. Anche mio nonno, anche mio padre. Qualcuno anche oggi, ma rari. Sulla nostra montagna non c'è più lo spettro della fame. Molti buttano via addirittura il mangiare. A caccia, quindi, non serve più andare per sopravvivere. Però devo spezzare una lancia anche a favore dei cacciatori, giacché anch'io ho esercitato il bracconaggio per molto tempo. Non mi sembra onesto sputare nel piatto dove ho mangiato per anni. Ma al di là di questo, credo che oggi una caccia di selezione regolamentata in maniera severa la si debba praticare. A fin di bene degli animali stessi. Può sembrare un paradosso, in totale contraddizione con quello che ho affermato poco fa, ma non lo è. Vi spiego. Sulla montagna sono sempre meno i predatori che una volta prelevavano il loro pasto. Non si falciano più i prati d'alta quota cosicché i rapaci, anche se hanno occhi buoni, stentano a individuare le prede. In questo modo molte specie tendono a riprodursi in maniera esagerata. Inoltre, per non so quali strampalati piani ecologici e di chi, sulle nostre montagne (intendo la Valcellina) sono stati introdotti gli stambecchi, le marmotte, i mufloni. E' stata un'azione poco accorta e per niente naturale. Tanto è vero che oggi gli stambecchi, moltiplicatisi in numero inverosimile, spingono i camosci sempre più in basso, fino in paese. Molti animali, sfrattati dal loro habitat dagli intrusi, si confondono, vagano, non s'adeguano, s'ammalano. A questo punto serve assolutamente praticare una caccia di selezione, un prelievo che ripristini l'equilibrio originale. Se in Valcellina, da quando esiste il creato, non vivevano lo stambecco, la marmotta, il muflone, un motivo ci sarà stato no? La natura sa quello che fa, distribuisce i suoi frutti dove stanno bene. Ma gli uomini credono di saperne più della natura, così si abbandonano ad esperimenti maldestri convinti di migliorarla. Invece la rovinano. Ecco perché oggi, per rimediare a certi errori, serve una caccia di selezione.

In montagna molti usano ancora la legna per il riscaldamento. Anch'io me ne devo procurare una certa quantità per riscaldare la casa. Ma se si taglia solo quella che serve, l'anno dopo ce ne sarà ancora. E così per sempre. I faggi, i carpini, e molti alberi da fuoco crescono assieme, in gruppi che noi chiamiamo famiglie. In una famiglia composta da trenta fusti di faggio bisogna prelevarne almeno dodici.

Togliendo quei dodici che serviranno per scaldare la casa, o per guadagnare qualche lira, i rimanenti hanno più spazio, respirano, crescono meglio. In troppi si soffocano a vicenda, si rubano il nutrimento, vengono su rachitici. Mio nonno tagliava cento faggi solo dopo averne piantato almeno tre volte tanti. Ecco un altro esempio di rispetto.

Avete visto oggi boscaioli moderni, quelli

con le gru e le leve, piantare qualcosa? Non piantano nulla, nemmeno una frasca. Tagliano e basta.

Una volta esisteva la festa degli alberi. Gli alunni delle scuole elementari, guidati dagli insegnanti, un certo giorno d'aprile, rispettando la luna giusta, piantavano alberi. Qua e là, dove mancavano.

Oggi quella festa è sparita, non c'è più traccia.

Proporrei la festa degli alberi nelle fabbriche, nelle scuole, nei conventi, nelle università, al Parlamento. Dappertutto dove c'è gente. Nelle città intere. Cinquanta milioni di alberi messi a dimora. Ve lo immaginate? Di quei cinquanta attecchiranno solo dieci. Dieci milioni di alberi sono un mare di vita, di salute, di forza.

Un giorno all'anno piantiamo alberi e regaliamo agli amici una copia del libro di Jean Giono "L'uomo che piantava alberi".

Solo seminando si può raccogliere.

Se togliete cento, ma avete piantato cinquecento, qualcosa resta. Su cinquecento alberi attecchiranno duecento, forse meno, ma non è poco.

Veniamo ora a un tema un po' delicato, la montagna come svago o divertimento. Sono d'accordo sugli impianti di risalita. Ormai quelli che ci sono lasciamoli, ma basta. Non facciamone altri. Quelli necessari esistono, di più diventa una ragnatela, non una montagna. Capisco che la gente ha il diritto di divertirsi, ma ci si può divertire anche in maniera naturale. Avete mai visto qualcuno che risalga una pista con gli sci sulle spalle e poi si butti giù? No, perché è fatica. Ma sapete quanta salute porta quella fatica e quanto stress si porta via? Questa, debbo dire, è un po' un'esagerazione, però fa riflettere.

Non si può abbruttire la montagna chiudendola in una ragnatela di impianti. Bastano e avanzano quelli esistenti. Ma perché allora se ne fanno in più? Perché gli uomini del settore ragionano così: «Se ne piazzo ancora uno, mi frutta qualche miliardo». Tutto necessariamente deve finire in soldi. E la montagna finirà in ruggine.

Altro tema interessante, da insegnare nelle scuole affidando i bambini alle guide alpine o a gente che ha esperienza, è quello di imparare a leggere la natura. La montagna non ha la boccuccia che dice «Ciao». E' un libro immenso, con una sua scrittura molto difficile. Difficile per chi non è allenato a riflettere. Ma se uno è stato istruito da piccolo a riflettere, questa lettura diventa facilissima.

Ad esempio se piove, e l'ho già detto da qualche parte, se piove per cinque-sei giorni un torrente si ingrossa. Ricordate un paio di anni fa che degli scout avevano montato palafitte su un torrente? Un acquazzone gonfiò il torrente che travolse le palafitte. Morirono dei ragazzi. Fu un'ingenuità. Ingenuità senza colpa, sia chiaro. I capi non sapevano leggere, né ricordare. Ignoravano che a volte dopo un acquazzone di pochi minuti un torrente può diventare incontenibile, un mostro tremendo che spazza via tutto.

Dopo una settimana di pioggia il torrente si ingrossa. Ingrossando fa rumore, diventa scuro, vi manda l'avvertimento: «Badate che sono pericoloso, non attraversatemi!»

Vi sta dicendo chiaro: «Alt! Restate dove siete!»

Non voglio toccare casi privati, ma è successo anche qui, nella mia valle, che qualche giovane di città sia morto attraversando un torrente ingenuamente. Non aveva letto il messaggio, perché non sapeva leggere. E nessuno glielo aveva insegnato.

Quando sotto una parete di roccia notate un ghiaione, non avvicinatevi a quella parete con l'intenzione di scalarla. Facendo vedere il ghiaione, la montagna vi sta dicendo che è friabile, che lascia cadere giù tutto. Poi, se volete andarci per sfida è affar vostro, ma sappiate che la montagna vi aveva avvertiti: «Sono friabile».

Quando fa freddo e la temperatura va sottozero, l'umidità del terreno gela. Non serve una fonte d'acqua per trovarci in presenza di ghiaccio. L'umidità della sera, al mattino diventa ghiaccio.

Nella stagione fredda ci sono foglie che ancora stanno appese agli alberi e decidono di cadere un giorno d'inverno. Quelle foglie, cadendo, coprono il velo di ghiaccio formato dall'umidità. Attenzione quindi a camminare sul terreno ripido quando non c'è ancora neve. Saggiare con il bastone ad ogni passo, indagare con la punta della scarpa, sentire se sotto si scivola. E' successo che gente è morta perché ha calpestato le foglie che occultavano il velo di ghiaccio formato dall'umidità.

Imparate a leggere. Imparate da chi ha esperienza e fatene tesoro. Ma c'è un'altra cosa che debbo dirvi, ed è questa: bisognerebbe sempre ubbidire a quella vocina che certi giorni ti dice "resta a casa". Alpinisti di grande esperienza non ci badano, non l'ascoltano. Anche se la sentono.

E' una cautela che pochi usano.

Se sono ancora vivo lo devo anche a questo misterioso percepire il giorno di pericolo. Certe volte ho rinunciato a fare una scalata. «Oggi no» mi sono detto. Ed ero già sotto la parete con la corda in mano.

E poi quella parete è crollata giù. C'è qualcuno che, da altri mondi, facendoci sbirciare oltre il velo di Iside, ci consiglia di rinunciare. Mandando misteriosi messaggi, gli angeli custodi ci mettono sul chi vive. Ma quella sensazione è difficile comunicarla al compagno che si è preso un giorno di ferie per fare la scalata. Perché se vi rivolgete all'amico dicendo: «Senti, oggi ho una sensazione che mi consiglia di stare a casa» sapete cosa insinuerà? Che avete paura. «*Te ga paura*» vi risponde. Questa è una mancanza di rispetto anche verso Colui che, da lassù, ci mette sull'avviso. Qualche anno fa, in pieno inverno, con Maurizio, un amico di Cuneo, mi recai in Val Cimoliana per scalare una cascata di ghiaccio. Era una colonna verticale alta più di ottanta metri. Stava appesa alla parete rocciosa dirimpetto alla Val dei Frassini, a pochi metri dalla carrozzabile. Ci eravamo legati in corda e avevamo già i ramponi ai piedi e le piccozze brandite. Il primo tiro toccava a me. Da circa un'ora soffrivo un'angoscia strana, una malinconia terribile, come se dovessi congedarmi per sempre dai figli, dagli amici, dal mondo intero. «Andiamo via - dissi a Maurizio - non me la sento. Cerchiamo qualcosa di più facile». Per fortuna l'amico rispettò la mia scelta. Non avevamo percorso nemmeno trecento metri di strada che scoppiò il finimondo. La cascata era crollata sbriciolandosi. Tonnellate di ghiaccio ci sarebbero rovinate addosso. Dalla paura non riuscimmo nemmeno a commentare l'accaduto. Ultimamente sono ridotto ad andare in montagna da solo, perché voglio fare quello che mi piace. E, quando la sento, dar retta alla vocina.

Dunque, vediamo, qualcosa l'abbiamo detta.

La caccia è stata toccata, ma vorrei dire ancora questo.

Non sono cacciatori quelli che uccidono un animale, gli segano la testa per asportare il trofeo e lasciano la carcassa sul posto. Non hanno alcun diritto di comportarsi così. Dobbiamo fare una riflessione sul diritto altrui di vedere gli animali. Io sono stato bracconiere. C'è differenza tra cacciatori e bracconieri. Ma, uccidendo gli animali, entrambi privano il cittadino di un diritto. Perché se voi pagate le tasse e andate in un bosco, avete pienamente diritto di vedere quel capriolo che io invece, uccidendolo, vi sottraggo. Quel capriolo è anche vostro, e io non posso permettermi di privarvi del diritto di vederlo.

Quindi è una questione, se vogliamo, di parità.

Sto parlando come Giuda, perché ho ucciso di tutto. Ho ucciso da bracconiere. Stimo, tra virgolette, il bracconiere più del cacciatore. Quest'ultimo, essendo abilitato a uccidere da una licenza, rischia meno. Il bracconiere invece di solito non ha licenza. Perciò non è abilitato a uccidere. Lo fa lo stesso. Ma esercitando senza permesso rischia di andare in galera. Perché se ti beccano senza licenza è come guidare senza patente e far fuori un pedone.

Non voglio assolvere il bracconiere, ma permettetemi di riconoscergli, e quindi concedergli, l'onore del rischio. Il bracconiere è un eroe negativo, ma almeno rischia fino in fondo.

Il cacciatore invece è delegato a uccidere dallo Stato. E se sgarra, al massimo prende una multa.

Troppi miliardi girano attorno alla caccia per poterla eliminare. Occorre dire che oggi c'è un'attenzione maggiore, una caccia più intelligente, più attenta, più controllata. Rimane il fatto però che si uccidono gli animali, e credo che eticamente abbiano diritto di vivere anche loro, come noi.

Oggi si abbattono camosci a trecento metri di distanza sparando comodamente seduti sul sedile del fuoristrada. Che gusto c'è? «Il camoscio va "sudato"» diceva mio padre, che disprezza i cacciatori a quattro ruote motrici.

Ma veniamo ora a un altro discorso, quello dei parchi. Qui da noi c'è il Parco delle Dolomiti Friulane, che io amo molto. All'inizio ero contrario perché il parco mi sembrava una limitazione. Sono un camoscio, i recinti mi hanno sempre spaventato. Poi però ci ho riflettuto. E allora ben venga il parco - mi sono detto - perché con la sua presenza qualche sciagurato non potrà più fare una diga in Val Cimoliana come avevano progettato. Non si potranno più fare costruzioni abusive. Non si permetteranno più tagli di bosco esagerati.

Ogni tanto mi scontro con i dirigenti del parco. Mi scontro in maniera benevola, sia chiaro. I motivi sono vari. Uno è che non amo le contraddizioni. Non si può permettere che d'estate circolino in un parco greggi di automobili, molte delle quali piene di maleducati.

Da Cimolais al Rifugio Pordenone, visto che è zona protetta, zona di silenzio, bisogna andare a piedi. Non foss'altro che per rispetto verso chi a piedi ci va già. Perché permettere di andare in macchina?

Se vogliamo gustarci la montagna e respirare un po' di aria buona dobbiamo andare a piedi al rifugio Pordenone. E invece permettono le auto. Ecco una contraddizione del parco.

La caccia è molto limitata, molto controllata e questo, per i motivi che ho già detto, può anche andare.

Ma un parco deve essere zona di silenzio, quindi ci si deve camminare solo a piedi. Al massimo si può allestire un bus navetta, ma evitiamo di trovarci in pieno luglio-agosto con due-trecento auto che scorrazzano e inquinano la valle. Inoltre non sono tutti educati coloro che frequentano la montagna. Ce ne sono che usano i clacson come richiami d'amore, che tengono la radio a tutto volume, che urlano. Se costoro andassero a piedi a farsi i tredici chilometri che separano Cimolais dal Rifugio Pordenone, sono sicuro che metterebbero nello zaino lo stretto necessario. E forse la radio la lascerebbero a casa. Ma contro i cafoni, meglio sarebbe una legge che proibisca loro tassativamente ogni rumore non naturale.

So che qualcuno mi lancerà peste e corna, però devo dire quello che penso.

Rispetto della montagna significa anche non renderla ridicola.

Renderla ridicola vuol dire agghindarla come se dovesse andare a nozze, o a un ballo in maschera.

Ho assistito al centenario di una prima scalata in cui una montagna famosa è stata illuminata da due chilometri di lampadine. Due chilometri di lampadine perché? Perché alla sera il turista annoiato potesse vedere il percorso seguito dai salitori cento anni prima. La montagna è offesa così.

Lasciamo che sia la luna a illuminare la montagna. Sono d'accordo che il turista ne goda le bellezze, ma non serve creargli ad arte un mondo fasullo e per niente naturale.

Quest'anno, il 17 settembre 2002, ricorre il centenario della prima scalata al Campanile di Val Montanaia. Ma non credo che tale avvenimento dia diritto a qualcuno di "scontornare" il campanile con centomila lampadine come fosse un albero di Natale. La montagna è una roba seria, non vuole questo. E' chiaro che si può fare, l'uomo può fare quello che vuole, anche togliere le gondole a Venezia. Ma così è snaturare tutto. Non è un pagliaccio, la montagna. Il turista non deve pretendere mosche bianche. Che impari a vivere, innanzitutto. Gli operatori del settore, arricchendola di orpelli, banalizzano la montagna. Ma lo devono fare, altrimenti il turista se ne va annoiato. Se non fosse così viziato e snaturato, il gitante si godrebbe la vacanza con quello che la montagna gli offre. Luna compresa.

Ma ora veniamo alla conoscenza delle piante.

Sulla montagna ci sono delle piante, della frutta, i fiori, le erbe. Una buona conoscenza degli alberi e del loro impiego è fondamentale per vivere in montagna. L'albero tagliato in luna giusta dura più del cemento. Il cemento con il tempo si disintegra, si frantuma piano piano, il legno no.

Per la conoscenza delle piante bisognerebbe introdurre dei testi appositi nelle scuole. Tenere delle lezioni invitando artigiani che ancora possiedono l'antico sapere. Dopo vi parlerò dell'uso delle piante da lavoro. Ma adesso voglio spezzare una lancia in favore degli artigiani del legno. Si blatera che nelle regioni montane l'artigianato sta scomparendo. Certo che sta scomparendo! Muore strozzato dalle mille pastoie burocratiche e legali.

Conosco almeno una cinquantina di artigiani tra Erto, Cimolais, Claut, Barcis, Andreis che hanno le mani d'oro. Sanno fare sedie, cucchiai, portafrutta, gerle, piatti, scodelle, mestoli e quant'altro. Tutto di legno. Ma non possono venderli altrimenti vanno in galera o pagano multe salatissime. Allora che intervengano coloro che ci guidano. I politici. La regione si impegni ad agevolare l'artigiano, a non spegnere in lui l'entusiasmo. Io rivelo cinquanta artigiani abilissimi. La regione trovi il modo affinché questi "animali in estinzione" possano vendere i loro prodotti senza rischiare la galera. Sarà più bello un portafrutta di vimini che uno di plastica, no? E poi meno prodotti di plastica meno inquinamento. Ma soprattutto è per salvare la cultura, la manualità, la storia, il bello.

Gli artigiani non hanno più voglia di lavorare perché non possono proporre al pubblico, al turista i loro prodotti. Io artigiano faccio un lavoro. Ma qualcuno deve trovarmi la strada per venderlo. Non a prezzi eccessivi, sia chiaro. Non sono opere di valore immenso. Un oggetto d'artigianato deve costare al massimo qualche lira in più di quello di plastica.

Passiamo ora alla conoscenza delle piante. Un bambino quando crescerà e diventerà, poniamo, architetto o ingegnere, potrebbe avere bisogno di questa conoscenza. E anche se non ne avesse bisogno, conoscerla sarebbe un arricchimento personale. Ad esempio, pochi sanno che un albero tagliato nei primi giorni di marzo non prende fuoco. Agli inizi dell'800 i boscaioli ertani emigrarono in Austria, Francia, Germania. Tornarono portando dei segreti. Da quelle genti vennero a sapere che quando si costruisce una casa,

ARTIGIANO CHE brucia i suoi oggetti
PERCHÈ NON LI PUÒ VENDERE.

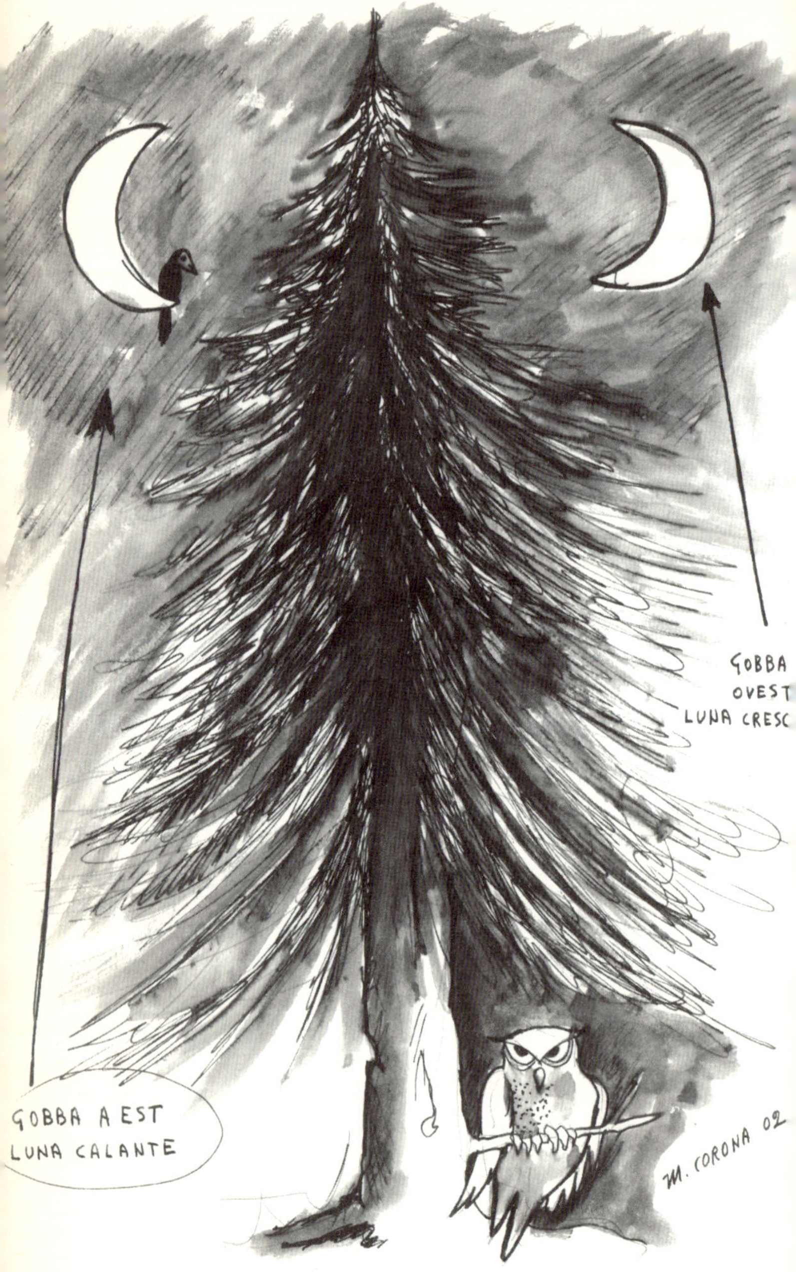
GOBBA
OVEST
LUNA CRESC
GOBBA A EST
LUNA CALANTE
M. CORONA 02

il legname del tetto deve essere tagliato nei primi giorni di marzo. Se la casa dovesse andare a fuoco il tetto rimarrebbe sano. Si possono utilizzare di nuovo gli stessi travi, perché non bruciano, diventano solo un po' più scuri.

Se dovete fare un lavoro che deve vedersela con l'acqua, e volete che duri, è opportuno che il legno non marcisca. Gli ultimi cinque-sei giorni di marzo, indipendentemente dalla luna, danno un legno che non marcisce.

Per ottenere dell'ottima legna da ardere, bisogna tagliarla solo in luna calante e d'inverno, da novembre in poi.

Se vogliamo che un bosco rinasca bene e butti con entusiasmo nuove pianticelle (le matricine) bisogna tagliarlo a ottobre, in luna crescente. Ma questo non lo si fa perché tagliandolo in ottobre in luna crescente, il bosco si rigenera velocissimo, però la legna tagliata in quel periodo pesa meno e quindi il boscaiolo, che la deve vendere, non ci sta. Pensa: «Meno peso, meno soldi». Ma se meno soldi gli bastano a vivere, perché non accettare di guadagnare il giusto a favore di un bosco nuovo, più sano e più folto?

Se volete erigere una costruzione, poniamo una baita di alta montagna, dovete

ALBERO SINISTRO
ALBERO DRITTO
ALBE DEST
TROGOLO
GRONDAIA
SCANDOLE
(SOSTITUISCONO LE TEGOLE)
M CORONA 02

usare alberi che resistano al tempo e alle intemperie. Le piante per quella bisogna vanno tagliate d'inverno, in luna calante. La baita durerà secoli.

Gli alberi sono tutti verticali, però l'andatura di crescita può girare a destra, a sinistra, o andare dritta. Se dovete fare un trogolo, delle scandole o una grondaia, osservate sempre la corteccia della pianta prescelta. Se vedete che si "avvita" lasciatela perdere. Cavare il trogolo, le scandole o la grondaia da quell'albero è sbagliato, perché prima o dopo si torcono e buttano fuori il liquido.

I fulmini, e questo lo potete notare tutti se andate in un bosco e vedete un larice o un pino squarciati dalla saetta, non cadono mai su alberi ad andatura dritta. Sempre su quelli che girano o a destra o a sinistra. Osservando un albero colpito dal fulmine si può notare che lo squarciamento va sempre giù a spirale.

A Natale si fanno fuori milioni di alberi. E' una bella tradizione quella dell'albero di Natale, ma che scempio! Io proporrei un alberello di plastica, anche se la plastica non mi è simpatica. Per i quindici giorni che dura la tradizione non vale la pena distruggere pini e abeti in grande quantità. Però se si vuole l'albero naturale bisogna avere l'accortezza di tagliarlo durante la

ALBERO COLPITO
DA FULMINE.
M. CORONA 02
?

luna crescente di novembre. Ma il mondo ha fretta, e non bada a queste cose. L'albero di Natale tagliato in luna crescente di novembre dura per anni, verde e profumato. Provare per credere.

Io comunque propendo sempre per l'alberello artificiale, perché le foreste sono ormai a rischio. In futuro il problema non sarà il petrolio, ma l'acqua, l'ossigeno. Se andiamo avanti così restiamo senza boschi, e senza boschi non si respira.

Altro trucco per ottenere legno da lavoro di eccellente resa, è quello di lasciare le piante stese per terra almeno venti giorni. Prima però bisogna privarle di tutti i rami tranne un ciuffo sulla cima. Questo sistema da noi si dice "in sciadéna". La cima, che non vuole morire, cercherà di resistere. E per vivere ancora un poco cosa fa? Succhia, tira su le linfe verso l'alto. L'albero diventa leggero, compatto, duro come osso. Per il fuoco è eccezionale, per il lavoro ancora meglio.

Questo è stato un excursus tra gli alberi. Ma tutto ciò che ho detto vale anche per le erbe, il fieno, per insaccare il maiale e molte altre cose.

Oggi, ad esempio, per eliminare le erbacce vanno di moda i diserbanti. Invece basterebbe strapparle in luna giusta e in un certo periodo dell'anno per non vederle più ricre-

O LASCIATO "IN SCIADÈNA"

scere. Il momento buono è verso fine aprile. Agli alberi malati, rachitici, deboli, bisogna tagliare la cima. Quando ci si accorge che una pianta non butta foglie, che stenta a fiorire, che sta per morire, le si asporta la cima in luna piena. Se non è troppo compromessa, si riprenderà in poco tempo.

Con certe lune basta tagliare anche un solo ramo ad un albero per farlo morire. Può sembrare fanta-botanica, ma non lo è. Provate ad incidere con il temperino la corteccia di una pianta in luna crescente di maggio. L'anno dopo sarà morta.

Se per esempio, non volete che un cespuglio ricresca sul sentiero perché dà fastidio e intralcia il passo, tagliatelo in febbraio a luna crescente e non lo vedrete più.

Nelle case, sulle finestre, sui serramenti, non servirebbero vernici chimiche. Con quelle si respirano veleni. Se si pone attenzione al periodo di abbattimento non servono protettori artificiali. La casa, i serramenti, dureranno secoli.

Queste cose sarebbe opportuno che i ragazzi le sapessero. Un giorno che saranno architetti, ingegneri o quant'altro, potrebbero metterle a frutto. I pattini della slitta, in legno di faggio, vanno tagliati esclusivamente tra gennaio e febbraio, in luna calante. Non si consumano più. Nemmeno la pialla li intacca. Provate invece a tagliarli in crescente d'aprile. Non reggono nemmeno una settimana. Si consumano come burro. A Roma sta per essere terminata la Città della Musica, un grandioso progetto di Renzo Piano. E' un insieme di enormi sale assomiglianti a conchiglie, scarabei. Un complesso stupendo, nel quale è stato impiegato parecchio legno. Sarei curioso di sapere se hanno tenuto conto del periodo di taglio e stagionatura di quelle assi.

Nei violini di Stradivari non era la vernice, come credono tutti, a farli suonare in modo unico. Fior di chimici l'hanno analizzata, la vernice, studiata, scoperta, messa a nudo. Ed è stata riprodotta uguale. Ma i violini sui quali è stata applicata non suonano come quelli del grande liutaio. Lui sapeva quando tagliare i legni per i suoi strumenti. Era di primavera, quando il bosco canta assieme agli uccelli. Ma il giorno, l'ora e la luna li conosceva lui solo. E se li è portati nella tomba. Era il legno di quel giorno, di quell'ora e di quella luna che dava il suono unico ai violini di Stradivari. E doveva essere, io credo, un giorno di sole, al mattino.

Adesso parliamo di che? Ah, parliamo di alpinismo.

Oggi, che sono diventato un po' più saggio, non voglio erigermi a giudice, però devo dire che l'alpinismo è andato troppo oltre, è diventato troppo esagerato. Ho praticato alpinismo esasperato per trent'anni. Ora non più. L'alpinismo estremo non è altro che la prova dei nostri fallimenti, delle nostre angosce, del nostro sentirsi nulla. Ci imponiamo di salire una linea difficile lungo una parete di roccia per dimostrare che siamo forti, che esistiamo, che siamo duri. Ma sappiamo che con mezzi naturali su di là non ce la faremmo mai. Allora ci facciamo aiutare da marchingegni, ganci, chiodi, attrezzi fantasiosi, trapani. Aggeggi che ho usato anch'io, perché io sono un ciarlatano ma a voi, ragazzi, i miei errori devo rivelarli. Per cercare di farvi capire che quella strada non è naturale. Non si possono scagliare le prime pietre dicendo: «Io non ho sbagliato». Tutti abbiamo sbagliato. Ad un ragazzo bisogna far capire le cose raccontandogli gli errori che abbiamo commesso. Vittorie e successi non insegnano nulla. Fanno solo temere l'arrivo della vecchiaia a chi li ha avuti. L'alpinismo ha imboccato un sentiero di plastica, finto. Servirebbe ridimensionarlo. In che modo? In quello che predico da qualche anno. Tornare ad un esercizio naturale dell'alpinismo. Un alpinismo fatto con pochi mezzi, meno aggeggi,

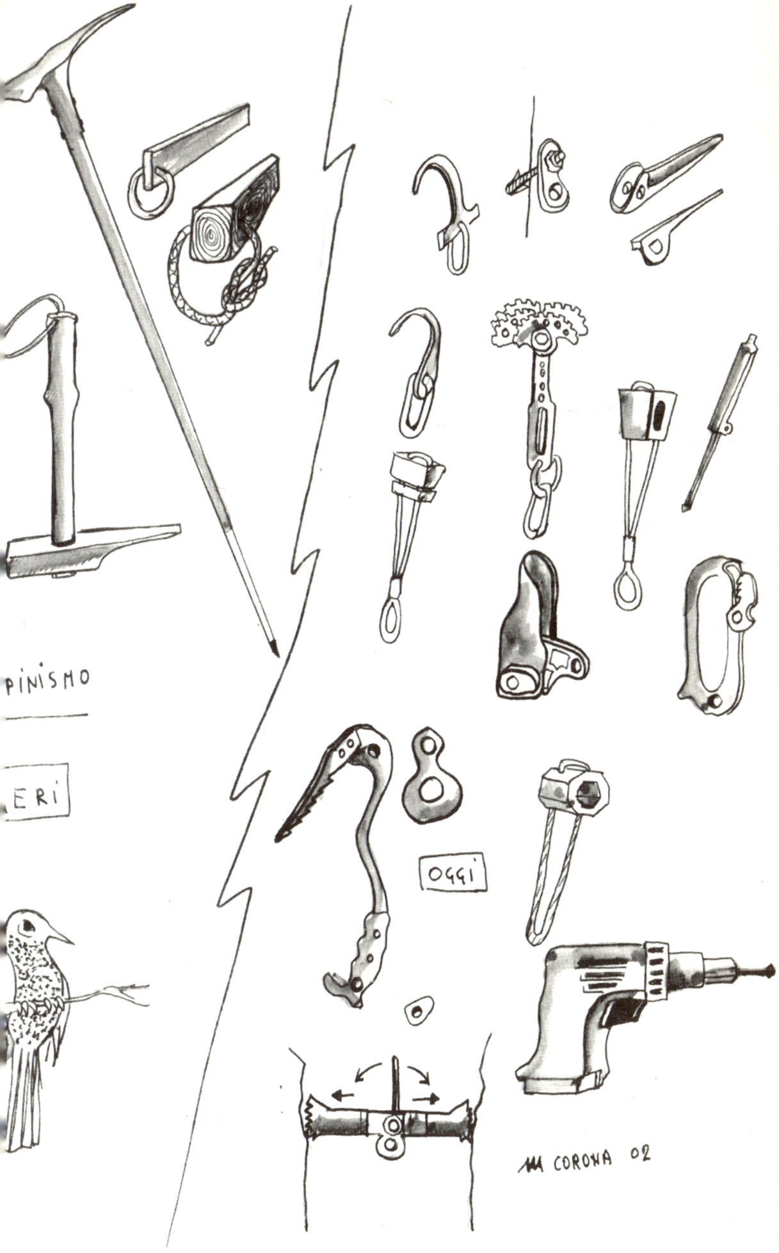
PINISMO
ERI
OGGI
CORONA 02

meno difficoltà da vincere, più onestà, più serenità. Qualche chiodo e la corda bisogna portali ancora appresso, almeno per il compagno che viene dietro, ma chiudere lì con l'armamentario.

Io credo che l'alpinismo vero, quello più naturale, si fermi al quinto grado. Dopo quel numero è solo tecnica, impegno, stress. Orpelli, marchingegni e ambizioni personali hanno ridotto l'alpinismo a una folle gara, svilendo così ulteriormente la montagna. Cerchiamo di tornare a divertirci sui gradi bassi. Sul primo grado si cammina, ogni tanto servono le mani. Nel secondo la montagna si raddrizza un poco, si devono usare le mani più spesso. Il terzo grado è verticale, però ci sono prese talmente buone e profonde che, adoperando mani e piedi, si va su tranquilli. Il quarto grado è sempre verticale, ma appigli e appoggi cominciano a rimpicciolire. E' già un serio impegno. Oggi si ride dei quarti gradi. Ma io me la sono fatta sotto più volte su vecchie vie di quarto grado. Soprattutto su quelle tracciate dall'ampezzano Angelo Dibona all'inizio del secolo appena trascorso. Non un chiodo, una protezione, un punto di riposo. Verticalità assoluta, vuoto tutt'intorno. E lui andava su e giù come un gatto. Spesso da solo. No, l'alpinismo è andato indietro.

Il quinto grado è molto difficile, ma lo si può fare ancora in maniera naturale. Un chiodo ogni tanto, qualche protezione e via. Oltre il quinto diventa una cosa forzata.

E' chiaro che ciascuno può fare quello che vuole. La prova è sempre con se stessi, e ognuno combatte le proprie paure come può. Però impestare la montagna di ferraglia non va bene. E parla uno che di chiodi ne ha messi a carriole. Ho ferito la montagna, perciò sento il dovere di consigliare i giovani a non farlo. Oggi i più forti arrampicatori arrivano all'undicesimo grado. Significa pareti strapiombanti e microappigli sfuggenti.

Per avanzare lì occorrono protezioni molto sicure perché si vola giù spesso. Non basta più il chiodo da infilare nelle fessure naturali. Ci vuole il trapano, bucare la roccia, piazzare quei chiodi che si abbullonano. Carpenteria moderna, catena di montaggio, esagerazione.

Mi vanto di non aver mai messo di quei chiodi sulla montagna. Ho aperto più di trecento vie, e non li ho mai usati, solo nelle palestre. Ma questo non significa che in altri modi anch'io non abbia violentato la montagna.

Oggi che a 52 anni sono un po' meno sciocco, ho riscoperto quello che facevo un tempo e che consiglio ai giovani alpinisti: un'arrampicata naturale, un nuotare armonioso, senza interrompere il movimento, la danza, l'equilibrio del corpo e della mente. Però attenzione, mai da soli senza sicurezza. La libera totale la fanno i mostri. Di solito cadono prima.

Quando porto gente in montagna sono molto severo. I punti di fermata, chiamati soste, devono essere assolutamente sicuri. Dove ciò non è possibile torno indietro. Non voglio mettere a repentaglio la vita del compagno. Se volo su una sosta debole strappo via anche lui. Sono successi molti di questi casi. Punti di sosta precari, uno cade e tira giù il compagno.

C'è un'altra cosa importante che pochi alpinisti tengono in considerazione. Cercare di attrezzare il punto di sosta sempre dove, sopra la testa, c'è una protuberanza, una sporgenza, un tetto. Serve a mettersi al riparo da eventuali cadute di pietre. Per fare questo occorre arrampicare con corde lunghe (60-70 mt). Permettono maggiore possibilità di spingersi su a cercare il posto adatto. Un camoscio, un corvo, un gracchio, in alto possono muovere una pietruzza, la quale ne muove un'altra un po' più grande, la quale a sua volta ne muove un'altra ancora e ti trovi la scarica di sassi sulla testa. Queste atten-

ESEMPIO DI
"SOSTA" SICURA
SOTTO STRAPIOMBO
M. CORONA 02

zioni aiutano l'alpinista ad invecchiare. Pochi alpinisti sono diventati vecchi. Ma per molti non è stata colpa loro.

Può darsi che succeda anche a me, nonostante le attenzioni, di finire i miei giorni sulle crode. I pericoli sono infiniti, il destino dietro l'angolo. Chissà.

Ora parliamo della montagna come scuola di vita. "La montagna insegna a vivere". Questa frase la sento spesso, ma non è vera. La montagna al massimo regala emozioni a chi è sensibile ed educato. Ci sono degli imbecilli che frequentano la montagna da una vita e non hanno imparato nulla. Né a parlare né a stare zitti. Nessuno vi può insegnare nulla se il vostro animo non è umile, predisposto a ricevere, a ragionare.

Personalmente, la montagna mi ha insegnato una cosa: che da una cima non si va in nessun posto, si può solo scendere. Una grande lezione: scendere, tornare indietro, all'essenziale, alle origini. Lezione che induce a riflettere sulle vette della vita: il successo, il denaro, il potere, le vittorie. Vette che chi le ha ottenute, un giorno dovrà lasciare. La montagna è fatica, privazione, tenacia, calma. Cose che vi faranno apprezzare voi stessi, vi daranno fiducia, sicurezza.

La montagna costringe a muovere il corpo, esercizio che oggi si fa sempre meno.

DALLE VETTE NON SI VA IN NESSUN POSTO SI PUÒ SOLO SCENDERE.
OOOOO
?
M CORONA 02

Il corpo viene usato poco. Il boscaiolo stesso non fa più i movimenti di un tempo. Senza movimento le braccia diventeranno atrofiche, le gambe lo stesso. Si svilupperà un cervello enorme, perché deve gestire meccanismi. Molta gente va in montagna perché fa moda, ma ci va con il fuoristrada. Non vuole nemmeno toccare la rugiada. Li vedo a fare i pic-nic con dieci tappeti sotto il culo per evitare il contatto con la terra, con l'erba bagnata. L'erba bagnata è curativa. Camminare scalzi nella rugiada alla mattina, in un bosco o lungo un torrente, stimola la circolazione. Massaggiare la pianta dei piedi fa bene, tiene lontane le malattie.

La natura ce l'ha fatta Dio affinché la usassimo anche come medicina. Pure gli odori sono medicina. Aspirare sopra un formicaio vi apre i polmoni. Oppure camminare tra le mughe. Chi ha voglia di camminare tra le mughe? Nessuno. E' faticoso, noioso. Eppure se vi inoltrate a settembre in mezzo alle mughe, respirerete quella polvere gialla che liberano i rami al vostro contatto. Per i polmoni è balsamo. Specialmente nei fumatori. La polvere emana un buon profumo di resina. Dio non l'ha fatto a caso quel "polline". L'ha fatto perché l'uomo passava di lì e lo respirava, e stava bene.

Qualcuno potrebbe obiettare: «Ma si ammalavano anche allora». Certo, la morte è sempre esistita, ma la montagna ci accompagna verso lo scacco finale con più serenità.

La resina sciolta in alcool con un procedimento a bagnomaria tiene le ulcere lontane. Se già esistono, le cicatrizza.

Quando sulle mani appaiono quelle piccole protuberanze dure, quei foruncoli che noi chiamiamo *rìzoi*, basta strofinarle con la pelle delle rane e spariscono immediatamente.

Le rane erano un bene prezioso. Fino agli anni Sessanta, e anche dopo, le catturavamo per mangiarle. Ma rispettavamo un'etica. Mio nonno diceva: «Ci servono cento rane». Se ne prendevi centouna ti spaccava le mani con il bastone. Mio padre invece no, ne prendeva di più, perché era avido.

In montagna si possono cogliere il radicchio, i funghi, e mille altre leccornie. Il fungo, quando ha rilasciato le spore, si può togliere. Piuttosto che marcisca è meglio mangiarlo. Però bisogna coglierne un chilo o due per la famiglia. Se strappiamo al bosco quintali di funghi da vendere ai ristoranti, non va.

Dio si offende se usiamo la montagna a scopo di lucro.

Vi parlo della montagna, ma altrettanto si potrebbe dire del mare, delle pianure, dei deserti. Della terra insomma. Rispettare la terra è rispettare colui che l'ha creata. Ma per fare questo ci vuole fede.

Beh, adesso faccio una pausa perché voglio bere un bicchiere di vino.

Mi pare che qualcosa abbiamo detto.

Se manca la fede, l'anno internazionale della montagna non serve a nulla. Per salvare la natura occorre ritornare alla fede. Tutti. Se l'uomo avesse fede, diventerebbe più onesto, più sereno, più naturale. Non servirebbero leggi per tutelare la sua montagna. Gli basterebbe il cuore. Ma questa è utopia. L'uomo senza fede diventa ingordo, non si accontenta di un chilo di funghi. Ne ruba dieci, a costo di buttarli via. La parola d'ordine è "accumulare".

La montagna è a rischio, altro che anno internazionale.

Per fortuna che, nonostante gli scempi, si rigenera. E' come il fegato degli uomini, ricresce. Ma se a un certo punto non ce la fa più a riprendersi è finita, siamo finiti.

Noi adulti abbiamo poco da perdere. Al massimo perdiamo gli anni che ci restano. Ma dobbiamo pensare a quelli che verranno dopo di noi. A quei bambini che respireranno veleni. Incominciamo subito, da domani stesso. Le nuove generazioni devono trovare una bella montagna, una bella natura: sana, pulita. Siamo ancora in tempo, siamo ancora lontani dalla catastrofe, ma bisogna incominciare.

Ricordiamoci che il bosco vive innanzitutto dentro di noi, la montagna è dentro di noi. Chi abita nelle grandi metropoli sa che quando vorrà potrà andare in montagna. Anche per loro la dobbiamo proteggere. Sapere che un giorno potranno vederla li aiuterà a resistere. Io non ho mai visto la Pietà di Michelangelo, ma sapere che esiste mi fa stare meglio.

A volte proteggere la montagna è difficile. Gli sciagurati nel pianeta sono molti. C'è chi uccide le persone, chi uccide gli animali, chi uccide i boschi. I piromani uccidono i boschi. Spesso sono pagati da biechi individui che hanno delle mire sulla montagna.

Ma in generale i piromani sono gente disperata, senza cultura, malata. Soprattutto è gente senza fede. Ragionano così: «Morto io, non me ne frega un tubo delle foreste, delle savane, dellc montagne, né di coloro che rimangono». Non temono un *al di là* dove gli verrà presentato il conto. Vivono nell'egosfera del proprio io.

Il piromane è un disgraziato che ce l'ha con il mondo intero. Un invidioso del sorriso altrui. Del sorriso che illumina il volto di un bambino quando contempla un albero. A pensarci bene, quelli che incendiano boschi non sono malati. Sono dei falliti, dei perdenti, dei rancorosi, uomini senza timor di Dio. Ai piromani darei l'ergastolo senza pensarci un secondo. Come agli omicidi premeditati. Lo sfacelo nasce sempre dalla mancanza di fede. Si comincia con la lite per un parcheggio e si finisce a una guerra mondiale. I piromani fanno parte della numerosa compagnia degli astiosi. Di fronte a persone così non c'è scampo. Occorre lavorare sui bambini. Insegnare loro, giorno dopo giorno, il rispetto e la fede. E soprattutto non metterli in competizione. Così anche quello che, crescendo, avrà l'animo esacerbato, prima di tirare fuori l'accendino o la pistola rifletterà un attimo. Ma bisogna incominciare dall'asilo. La famiglia deve fare la parte più importante. Insegnare la povertà, il poco, il semplice. Come fa un bambino a crescere bene quando a casa sente solo parlare di soldi e automobili? Molti genitori curano innanzitutto le loro carriere, lasciando i figli davanti alla tv o alla play-station.

Mio nonno, pur con i suoi difetti, le sue mancanze e i suoi errori, usando la montagna allevò la famiglia. E tirò su anche noi tre fratelli, quando le cose tra i miei genitori si misero male. Prendeva il legno per gli oggetti che scolpiva, che poi andava a vendere con sua moglie. Raccoglieva la legna per il fuoco. Qualche volta la vendeva anche. Ma non tollerava che si tagliasse un albero in più di quelli che servivano a vivere. E così tutti in paese.

Ci insegnava la cura della montagna, l'attenzione, la pulizia, l'ordine. Guai se ci vedeva scansare un ciottolo o un ramo che intralciavano il sentiero. Dovevamo toglierlo, liberare la strada per chi passava dopo. Ho camminato tanto in montagna, con giovani e anziani, ma rarissime volte ho visto uno di loro levare un qualche ostacolo che ingombrava il sentiero. E' una questione di attenzione, di abitudine. Cose che si fissano nell'educazione giovanile.

Di questi tempi non è importante nemmeno più il colore della neve. Bianca, verde, o viola, l'essenziale è scivolarvi sopra. Ma pare che se ne sia accorta. Per questo non vuol più venire giù.

Altra cosa che noto quando vado in montagna è il chiasso. Le comitive fanno rumore, parlano a volume alto, urlano. Così si coprono i suoni che offre la montagna. Bisogna camminare in silenzio. Celio, che nella vita non fu santo, mi bacchettava se alzavo la voce durante le nostre escursioni.

E così mio padre e gli altri cacciatori che mi portavano per i monti.

Certe urla di sbraitatori rompono la pace della montagna come un colpo di pistola nella notte.

Non dico di procedere in assoluto mutismo come agli esercizi spirituali, solo tenere un tono basso. Sbraitando, l'orecchio non riceve le voci del bosco. Che, tra le tante, possono essere il verso di un corvo, il grido dell'aquila, l'abbaiare del capriolo o la voce di un ruscello. Sono suoni che bisogna imparare ad ascoltare, perché fanno bene, rilassano. Non è solo una questione etica. Ascoltando si sta meglio. Quindi, porre attenzione ai rumori. L'orecchio è una cosa importantissima. Il ronzìo di un calabrone o il vento in una radura possono suscitare emozioni nuove, stimolare la creatività, la poesia. In questo modo uno torna a casa la sera e scopre di stare bene, di essere più tranquillo.

Quando si va in montagna bisogna cercare la sopita naturalità. Tornare un po' animali. Risvegliare quell'istinto che induce un bambino ad arrampicarsi su un masso o ad immergere i piedi nel ruscello senza averlo mai visto fare da nessuno. Mio padre, il talebano Domenico Corona, durante le battute di caccia difficilmente dormiva nelle baite o dentro i bivacchi. Non ne voleva sapere. Se era bel tempo amava stare all'aperto. Ed io con lui. Ero costretto. Conosceva anche qualche stella e me la indicava. Ho un po' di nostalgia delle notti all'addiaccio col mio vecchio.

Adesso vi svelo un segreto di sopravvivenza.

Se per disgrazia vi prende la notte in un bosco e siete privi di sacco a pelo, cosa escogitare? E' chiaro che ciò che sto per dirvi d'inverno non si può fare. Ma se vi perdete in un bosco, nei mesi che vanno da aprile a novembre, privi di sacco a pelo, esiste un ottimo sistema per dormire al calduccio. Bisogna raccogliere una bella montagnola di foglie secche, quelle cadute l'autunno prima, che noi chiamiamo le "biote", e infilarvisi dentro. Se è possibile, radunatele in una buca, un avvallamento, in modo che restino unite, che non si sparpaglino. In caso di brutto tempo, accumulatele in un antro, in una grotta, sotto un pino, sotto una sporgenza. Insomma, dove ci si possa riparare. Per raccoglierle usate la camicia, o la canottiera, a mo' di sacco. Infilati sotto le foglie vi sembrerà di stare dentro una stufa. Ricordo di aver passato tre notti di aprile con mio padre nel bosco di Lodina per tendere al gallo cedrone, dormendo all'aperto dentro un cumulo di biote. Le biote diventano un sacco a pelo formidabile in caso di bivacco estremo.

Quanti ragazzi conoscono queste tecniche di salvamento? E adulti? Qualcuno è morto di freddo per averle ignorate. C'è da dire che dentro le foglie non si può fare gli schizzinosi. Può succedere ogni tanto di sentire qualche formica su per le gambe o insetti vari sulla faccia, ma non sono esseri pericolosi. Non sono serpenti a sonagli o scorpioni letali.

E' chiaro che chi non è abituato e si trova costretto a dormire tra le foglie inorridisce quando sente la formica o l'insetto camminargli sulla pelle. Ma piuttosto che crepare di freddo farà buon viso e s'abituerà in un attimo.

Ho notato che molti frequentatori della montagna non conoscono i versi degli animali o degli uccelli. Di notte si odono un sacco di voci. Un capriolo che abbaia sembra un cane. E tutti a dire: «E' un cane!!» No che non è un cane, è un capriolo. Se si ascolta bene si nota la differenza.

Un mio amico ha fatto una tesi di laurea sui versi dei rapaci notturni. Ha passato un paio d'anni a dormire fuori con un aggeggio, un microfono ad asta, per sentire il rantolo delle civette, l' "ululato" del barbagianni, il soffio del gufo, il tossire dell'allocco.

Ma non solo i rapaci ha inciso sul nastro. In quei microfoni, infatti, quasi fossero gelose, si sono introdotte altre voci. Una sinfonia notturna con sottofondo di vento.

Molte persone che ho accompagnato di notte in montagna hanno paura. Ma di che? Nessuno vi fa del male sulle montagne della nostra patria. Capirei in Africa, un leone affamato o un elefante imbizzarrito. Ma voglio ricordarvi che anche l'animale più feroce attacca solo se ha fame, altrimenti tira dritto. Da noi, l'unico animaletto che può diventare pericoloso è la vipera. Ma solo se malauguratamente la calpestate. Dovete proprio metterci sopra il piede o la mano per farla reagire. E' un animale timidissimo, se vi nota se ne va. E quando dormite all'aperto, sente il vostro calore e non viene vicino. E se dovesse venire, rimanete immobili, non vi farà niente. La vipera si difende solo se la si tocca. E deve essere una toccata piuttosto ruvida.

La montagna di notte non deve far paura. E' così bella! Molte persone di notte hanno paura dei morti. I morti non tornano. Magari tornassero, potrei rivedere gli amici scomparsi: Carle, Palàn, Celio, Sepìn, Bepo e tutti gli altri. Gli animali della montagna non fanno nulla. Vi possono solo raccontare delle storie con la loro presenza, la loro voce.

Aprile, maggio, e anche settembre, sono buoni per udire gli animali parlare, i rapaci notturni in festa. E' un'emozione che si prova solo passando le notti all'aperto. Se all'inizio avete paura, mettetevi a dormire nel sacco a pelo davanti ad un rifugio. E' già un primo passo. Le voci le sentirete lo stesso, perché girano lì attorno. Ad un certo punto il rifugio piomba nel silenzio e gli animali si avvicinano.

Abbiamo paura della notte perché siamo cresciuti protetti da quattro mura imbiancate. Col tempo abbiamo perso la naturalità, l'antico istinto di viandanti notturni.

Se qualcuno ha interesse, curiosità di riscoprirli, faccia l'esperimento di passare una notte all'aperto. Ne riceverà emozioni indimenticabili. Emozioni che consiglio a tutti di provare.

Ma il silenzio non va brutalizzato con il rumore delle automobili, con le radio, i clacson, i fuoristrada, e con altre diavolerie che non hanno nulla a che vedere con la montagna.

Non sono totalmente contro le quattro ruote. Dico solo che vanno usate quando servono. E se proprio uno non riesce a scendere dal suo mito d'acciaio, si fermi almeno qualche chilometro prima dei rifugi. Si sforzi di fare due, tre chilometri a piedi. Gli piacerà al punto che la volta successiva si fermerà un po' prima. E' una tristezza assistere a scene di gente esaltata che se potesse entrerebbe anche nei rifugi col fuoristrada. Mi pare che così non va bene.

Se noi ci mettiamo l'anima, la montagna ci dà emozioni. Ma l'anima sta nel nostro corpo, non sta in automobile.

Ora parliamo un po' dello spopolamento. Specialmente in questi ultimi anni la montagna viene abbandonata. I perché hanno molte porte dalle quali i montanari escono e se ne vanno. Sono delusi, stufi, arrabbiati. La colpa sta soprattutto in alto, in chi ci guida, in coloro che decidono per noi. In una parola, i politici. Forse non lo fanno apposta. E' che non conoscono i problemi, e non hanno fantasia per cavare soluzioni che tengano l'uomo legato alla montagna.

Vivere in montagna è fatica. Occorre agevolare il più possibile coloro che sgobbano sulle Alpi. Mettiamo che un ragazzo abbia passione per il bestiame e possieda tre vacche. Lavora giorno e notte, sabato, domenica, Pasqua e Natale, senza ferie perché le mucche non si possono parcheggiare come motociclette, e alla fine cosa scopre? Scopre che guadagna come il coetaneo che sta in fabbrica, che ha il sabato e la domenica liberi, le ferie pagate, la tredicesima, responsabilità zero, e in più il titolare gli offre anche un anticipo per farsi l'automobile. Non solo, ma s'accorge che il suo lavoro è ostacolato da leggi, leggine, pastoie, cavilli, che lo soffocano, lo imbrigliano, lo deludono. Alla fine molla tutto e va giù in pianura a montare lenti di occhiali o a fare lavatrici, che gli conviene.

I politici, che io chiamo i capi, devono agevolare quelli che tengono duro sulla montagna. Intendo la montagna delle braccia buone che faticano, non quella delle zone alla moda, del turismo d'élite, degli alberghi a cinque stelle. Quella non ha bisogno di aiuti, si basta da sola. In quella i politici mettono il naso solo per andare in ferie.

Ci si avvilisce ad arrancare senza salire. E' come camminare su per un ghiaione. Un passo in su e tre in giù. Se continua così, dovremmo andarcene tutti dalla montagna. Da quella povera, da quella non alla moda. Ma ce ne andremo guardando in faccia i politici. Li guarderemo negli occhi affinché sappiano che sappiamo. E che di loro non abbiamo più alcuna stima. Li ringrazieremo sorridendo, con il sorriso ironico dei vinti. Forse qualcuno di loro arrossirà, ma non credo.

Chi si sacrifica e fatica di più è giusto che guadagni un po' di più. Non miliardi. Quelli rovinano il carattere delle persone. Solo il giusto.

Di questi tempi in montagna stanno prendendo piede gli agriturismo. L'agriturismo del Passo S. Osvaldo è gestito da una famiglia che sgobba da mattina a notte. Ragazzi giovani, bravi, che mungono ancora a mano, lavorano il latte con metodi antichi. Ma per aprire il locale hanno dovuto penare non poco. Quasi un anno andato in fumo causa le suddette pastoie burocratiche. Un anno perduto ad aspettare. Il locale era pronto, cucina, servizi, tavoli, tutto a posto ma doveva rimanere chiuso.

Così non si stimola l'entusiasmo alle buone iniziative. Occorre dire che tutti i cittadini hanno diritto a non aspettare anni per una pratica, non solo chi vive sui monti o chi apre un locale.

Ho notato con piacere che i ragazzi che hanno aperto l'agriturismo del Passo S. Osvaldo sono contenti. Sorridono di questa nuova esperienza che li gratifica. Stanno a contatto con la gente, sono stimolati dai consensi, dal sentire un grazie per una fetta di salame senza conservanti. I prodotti del loro lavoro non rimangono più ad ammuffire sulle scansie in attesa di qualche compratore. Vengono consumati giorno per giorno dai clienti che cercano un piatto genuino, robusto, vero.

Ecco una buona soluzione per tenere la

gente in montagna. Va da sé che non tutti possono aprire un agriturismo. Per altri occorre cercare soluzioni altrettanto valide.

Coloro che fanno le leggi per la montagna dovrebbero prima abitare un anno dalle nostre parti. A Erto, Cimolais, Claut, Andreis. O in un qualunque sperduto paesino della Carnia dove non cade neve firmata. Dopo un tal periodo capirebbero molte cose e si farebbero in quattro per snellire la burocrazia. E quassù snellirebbero anche il loro corpo. Vi sono troppi ostacoli che imbrigliano la vita del montanaro. Una volta bastava la parola per suggellare un contratto, un affare. La parola valeva più di una firma. Ma debbo dire che anche gli uomini, a quei tempi, erano migliori. Sicuramente più tolleranti.

Oggi, il montanaro ha paura a far valere i suoi diritti. Se alza la voce verso i potenti rischia una querela. Basta una parola detta in un momento d'esasperazione e si trova in tribunale citato per danni morali. Bisogna stare attenti anche a dire buongiorno a certi credentisi Dio. Se lo interpretano a modo loro, vi querelano. Non per l'offesa, per chiedere soldi, risarcimenti all'onore ferito. Così il montanaro tace e attende l'oblìo. Dove sono finite la bontà, l'umiltà? Certa gente, se si guardasse allo specchio, li chiederebbe a se stesso i danni morali.

Mi accorgo che sto divagando, torniamo alla nostra montagna, che è meglio.

Questo 2002 è stato dichiarato Anno Internazionale della Montagna? Ebbene allora io chiedo che qualcuno salvi il mio vecchio paese. Il vecchio paese di Erto è in montagna e sta crollando. Anno dopo anno, casa dopo casa. Un patrimonio di architettura montana in piedi da oltre mezzo secolo sta finendo nella polvere.

La gente non ha i soldi per sistemare le case. Allora vi rinuncia. Ma è o non è un bene culturale la vecchia Erto? Abbiamo o no un Ministero dei Beni Culturali? E allora che intervenga. Che intervenga lo Stato.

Tutto questo strombazzare sul disastro del Vajont, spettacoli, film, dibattiti, libri, controdibattiti, alla fine cosa ha prodotto? Solo una certa notorietà per coloro che se ne sono occupati, e basta. Dopodiché tutti a casa, e chi si è visto s'è visto. La realtà è che il vecchio paese sta crollando malinconicamente ed inesorabilmente, e nessuno getta un occhio di là.

Un tizio obiettò: «Ma sono case private». Io dico che deve essere lo Stato a intervenire. Deve mettere il privato alle strette: «L'aggiusti o meno la tua casa?» «No, non mi interessa» «Allora questa è mia, io sono lo Stato, la requisisco e la metto a posto. E metto a posto l'intero paese». Così si salva una cultura, una memoria, un valore. Non foss'altro che per rispetto a coloro che l'hanno costruito tirando giù le pietre dalla cima del monte Borgà. Dopodiché lo Stato lo può dare in affitto. Un affitto equo. A studenti di scienze forestali, di geologia (la frana del Toc credo che sia un laboratorio mondiale di geologia). A studenti di ogni tipo. Ad artisti, poeti, scrittori, convalescenti e chi più ne ha più ne metta. Oppure anche a dipendenti statali che hanno bisogno di un po' di aria buona per rigenerarsi. Insomma, piuttosto che crolli questo patrimonio, offrirlo alla gente. Questo deve fare lo Stato. Non ci sono solo le pitture di Giotto. Certo, prima si salvano quelle, ma poi si salva anche la Erto vecchia che sta scomparendo dalla faccia del mondo.

Il denaro che lo Stato investe per sistemare il vecchio borgo, lo recupera nel tempo con gli affitti.

Qui la natura è bella, ancora pulita. Di sera girano le aquile sopra la chiesa. Le aquile hanno naso, non stanno se il posto non è incontaminato. Più o meno incontaminato, perché l'atmosfera non è più delle migliori. E' una camera a gas.

Stanno diminuendo i volatili. Negli ultimi dieci anni ho visto ridursi un cospicuo numero di specie: forcelli, coturnici, pernici bianche, francolini. Il cedrone è quasi scomparso. Mi diceva un amico: «Perché non si falcia più». No, già negli anni Settanta non si falciava più, ma la selvaggina c'era eccome. Muoiono perché la neve cade sulle montagne passando per quella immensa camera a gas che è l'atmosfera, portando con sé veleni di ogni tipo. A primavera la neve si scioglie, depositando sui prati di montagna milioni di particelle venefiche. Quei veleni uccidono gli insetti, i vermiciattoli, la micro-fauna che rappresenta il primo alimento delle nidiate. Non trovando più cibo le covate muoiono. Su cinque-sei pulcini di forcello se ne salva uno, se gli va bene. E così i francolini, le coturnici, le pernici bianche. Quella della neve avvelenata è una mia teoria, ma credo sia fondata. Non ho bisogno di avvalli scientifici.

Me lo ha detto il cuore, la montagna, me lo ha detto il gallo forcello che sta morendo. L'uomo sta perdendo la fede. Senza fede non c'è rispetto per nulla. Nemmeno per se stessi. Il rispetto è anche tenere da conto le cose belle per coloro che vengono dopo di noi. Non dovrebbero essere necessarie le imposizioni dei sindaci per limitare le auto in città. Fare qualche chilometro a piedi non guasta. Se uno deve fare dieci chilometri per recarsi al lavoro, sono un po' troppi. Ma per un chilometro o due, facciamoli a piedi. Andiamo a prendere nostro figlio alla scuola camminando con lui. Porgiamogli una mano e accompagnamolo a casa raccontandogli una fiaba. E' già un primo passo.

Purtroppo succede anche qui, nei paesini di montagna. Per quattrocento metri di strada, certi genitori vanno a prendere i figli con l'automobile. Da scuola a casa, quattrocento metri! Dall'asilo a casa, seicento metri. E vanno a prenderli in auto. Fateli camminare cinque minuti, questi bambini! Studieranno meglio, mangeranno più volentieri, non aumenteranno di peso. E saranno cinque minuti in meno di gas nell'aria. Cinque minuti senza gas moltiplicati per milioni di automobili che intasano le città non è poco.

Ripeto, ognuno è libero di fare quello che vuole, ma se non cominciamo a retrocedere a piccoli passi, tra pochi anni la situazione sarà piuttosto seria. A me ormai non spaventa più l'idea di crepare avvelenato, ma bisogna pensare ai bambini nuovi. Fra trenta-quaranta anni cosa troveranno? Hanno diritto anche loro di respirare un po' di aria buona.

Gli animali rispettano la montagna, non sono come gli uomini, improvvisatori, avidi, impulsivi. L'aquila gira nel cielo per procacciarsi il cibo che gli serve. Quando ha il piccolo vola diverso, gira di più. Se tiene un volo calmo, sereno, non va a caccia, cerca il compagno. Lavora solo quando ha bisogno, non per accumulare. Quest'anno, ho sentito l'aquila tossire. Le aquile tossiscono perché in alto respirano veleni. Forse per questo volano sopra la chiesa.

Da bambini, pur di guadagnare qualche lira, rapinavamo anche noi la montagna. Andavamo a cercare i piccoli di tordo da vendere agli allevatori di Sacile. I piccoli dei tordi ce li pagavano fior di soldi. Il più richiesto era il tordo bottaccio. A Sacile, da oltre settecento anni, in agosto si tiene la Sagra dei Osèi. Gli allevatori usano il tordo bottaccio come richiamo. Canta che è una meraviglia. Ogni anno i sacilesi incoronano quello più bravo. I tordi di solito fanno tre piccoli, a volte anche quattro. Il nido del tordo, non so se l'avete mai visto, è un capolavoro di perfezione. Sembra una scodella smaltata. L'interno lo rifinisce con argilla bianca levigatissima. Ci si può bere dentro.

Mio fratello ed io ci eravamo fatti furbi. Prendevamo i nidi di tordo vuoti e in ognuno mettevamo un pulcino sottratto dal nido che ne conteneva quattro. In questo modo vendevamo quattro nidi con tre pulcini anziché tre nidi con quattro. Siccome ce li pagavano un tanto a nido, con quello stratagemma guadagnavamo un nido senza fatica. Il difficile era trovarli. Sapete come si fa a trovare i nidi di tordo? Non serve ispezionare tutti gli alberi. E' una perdita di tempo. Bisogna andare alla mattina, appena la notte fa spazio al giorno. In quel breve trapasso il tordo si mette a cantare con allegria. Ebbene, dal punto in cui canta, nel raggio di cinquanta metri c'è il nido con la mamma che cova. Battere chilometri quadrati di bosco per cercare i nidi è inutile. Ogni maschio di volatile al mattino canta vicino alla sua casa. Tranne il cuculo. Il cuculo no, canta dappertutto perché non ha una casa. Ma non è un parassita come dicono. Dio gli ha detto: «Tu devi portare avanti la tua stirpe in questo modo». Quindi non è un parassita, è una persona seria. Di solito il cuculo depone l'uovo nel nido di un simpatico uccellino che a Erto chiamiamo "thoparùal". Non conosco il suo nome latino, ma il nome latino non mi interessa. Non sono un etologo, sono un povero diavolo che ha molti limiti. Il mio rapporto con la montagna è sempre stato naturale, non scientifico.

Il picchio, considerato un rovina-alberi, rispetta le piante più di certi boscaioli. Scava il suo nido sempre in un albero che ha la morte vicina. Sente che all'interno il midollo è già ammalato. Non fa il nido in un albero sano perché dovrebbe lavorare tutto l'anno. Con il suo stetoscopio naturale riconosce l'albero cavo. E in quello si mette a bucare fino a trovare il vuoto. In fondo a quel vuoto depone le uova. Ci sono vari picchi. Il picchio rosso è un uccellino che si addomestica facilmente. Quando vivevo da solo ne avevo allevato uno che veniva a rubarmi il riso nel piatto. Mi teneva compagnia come il corvo Franz. Non è giusto portare via gli animali dal loro ambiente. Questo lo so, e purtroppo l'ho fatto spesso. Ma sono qui per parlarvi dei miei errori. Posso garantirvi che oggi non lo faccio più.

Il mio picchio si chiamava Uncino. Gli avevo messo una corteccia in casa perché scavasse e ogni tanto gli buttavo formiche e lui se le andava a prendere. Stava sempre accanto a me, come il cane. Era libero, andava e veniva. La compagnia degli uccelli è così bella. Mi circondavo della loro presenza forse per bisogno d'affetto, per solitudine. Ho allevato corvi, poiane, cornacchie, gazze, merli, tordi. Formavamo un'allegra brigata. I corvi mi accompagnavano a scuola, quando erano addomesticati.

Spesso in montagna ci vado di notte. Amo ascoltare i canti dei rapaci notturni. Gufi, civette, barbagianni, allocchi, sono simboli di saggezza, sapienza, discrezione, amicizia.

La montagna di notte non fa vedere i particolari, offre solo ombre. Tutto diventa più grande, misterioso, cupo. Un albero si trasforma in qualcuno che vi guarda. Un rumore pare mille volte più forte. Scricchiolii, sussurri, fruscii, suoni che di giorno sono cose normali, di notte diventano voci, parole, anime. Di notte mi piace perché il dettaglio non esiste più. Appaiono sagome. Le montagne sembrano notte solida, buio pietrificato. Ci vado soprattutto in aprile e maggio, ma anche a settembre. Settembre è buono. Si percepiscono presenze, spiriti, folletti, streghe, maghi. L'allocco è il più misterioso dei nottambuli. A volte qualche nostro simile, con l'intento di offenderci, ci taccia da allocchi. Magari fossimo allocchi! Saremmo intelligenti, cauti, prudenti. Dei rapaci notturni, l'allocco è il più saggio, il più scaltro. Guardatelo negli occhi e capirete.

I gufi sono come il successo. Cantano sempre ad un metro da noi. Provate a cercare un gufo di notte, mentre canta. Vi avvicinate di un metro e lui fugge un metro più in là. Superate quel metro e lui va ancora un metro più in là. Lo inseguite per tutta la notte ed è sempre un metro più in là. A quel punto provate a fermarvi, a non cercarlo più. Vedrete che sarà lui stesso a posarsi sulla vostra spalla. Così il successo: più lo cercate e più vi scappa, come il gufo. Se lo evitate, vi cercherà lui. Ma ricordatevi che il successo non vi avverte, vola senza rumore.

Molti ragazzi cercano il successo. Chissà poi perché. Diventando famosi si hanno solo rotture di scatole. Le persone note, celebri, i divi, non possono nemmeno andare a bere un caffé al bar senza la scorta. Vengono aggrediti per l'autografo, per essere ammirati, per strappar loro un brandello di vestito, a volte di pelle. Spesso ricevono insulti. La notorietà suscita invidie, crea nemici, pettegolezzi. E' libertà questa? Forse non ne vale la pena. Ma chi tra i giovani vuole diventare famoso ha diritto di provarci. E deve metterci il massimo dell'impegno. Fernando Pessoa lo diceva: "Massimo impegno in tutto". Anche la montagna del resto ha contribuito a far diventare famoso qualche alpinista. E anche questo 2002, definito Anno Internazionale della Montagna, contribuirà a fare emergere qualcuno dal proprio nulla.

Amo la montagna anche per gli insegnamenti che ricevo dagli animali. Sono compagni di viaggio, ci tengono compagnia, non ci imbarazzano, non fanno domande, s'accontentano di poco. E non mettono la loro firma in calce alle donazioni che ci fanno.

In montagna si impara a camminare, ad

avere equilibrio, attenzione, determinazione, occhio, volontà. Cose che servono nella vita. Osservate il camoscio, re delle rocce. Il giovane imita il vecchio che ha più esperienza. Bisognerebbe comportarsi sempre bene, perché c'è il rischio che qualcuno ci imiti. Ma sempre non ci si riesce. A differenza degli uomini, il camoscio vecchio è eleganza, dominio del vuoto, aderenza, forza, gioco. Soprattutto sulle crode. L'autunno scorso ho scalato il Duranno. Era già novembre, mese poco propizio a salire, ma avevo voglia di andare su. Nei pressi della forcella ho incontrato undici camosci. Sono schizzati via come proiettili. Dopo trecento metri lungo rocce verticali, dovevano effettuare un salto per superare una spaccatura sul vuoto. Ebbene, tutti e undici hanno fatto lo stesso movimento. Zampa sinistra, zampa destra, ancora sinistra, volo, atterraggio e via. Anche i giovani. Una cosa incredibile. Che belli!

Tutto ciò che esiste sulla montagna è montagna. Il camoscio è montagna, sentiero, filo di Arianna. Se maldestramente salite su una cima senza conoscere la discesa (cosa da non fare) c'è un trucco per trovare la strada del ritorno. Chiaramente deve essere una zona popolata da qualche camoscio. Allora basta seguire le sue tracce e vi troverete alla base della montagna per la via più facile. Mi è accaduto sulla Pala Grande, in Val Cimoliana, dove con Gianni Pozzo e Andrea Stanchina avevo aperto una via nuova sulla parete sud. Siamo arrivati in cima, vuoto di qua, vuoto di là, vuoto a destra, vuoto a sinistra. Non era per niente facile tornare giù da quel pulpito. «Da che parte scendiamo adesso?» chiedevano gli amici. Mentre pensavo al da farsi, notai tracce di camoscio che svoltavano dietro uno spuntone. «Abbiamo trovato la strada» dissi. Seguendo le peste dei *rupicapra* tornammo giù con le mani in tasca. Molti amici alpinisti conoscono questo espediente. Quindi, se vi capita di smarrirvi sulla cima di un monte, occhio alle tracce dei camosci. A questo punto uno di voi potrebbe obiettare: «Ma se non c'è ghiaia o terriccio come faccio a vedere la traccia del camoscio sulla roccia viva?» E' molto semplice. Quando il camoscio usa lo stesso passaggio per anni, la roccia diventa unta, assume un color marroncino, brilla, si lucida. Così il percorso vi si svela, si fa seguire. Certo, bisogna prestare occhio, fiutare, imparare a osservare. Ma al di là che uno frequenti o meno la montagna, conoscere queste cose potrebbe essere interessante, curioso, gratificante. Quando vado in qualche scuola, specialmente elementare, e parlo di tutto ciò, i bambini sgranano gli occhi dalla meraviglia. Forse sono stufi di Cappuccetto Rosso.

In certi mesi sulla montagna si possono sentire addirittura gli odori degli animali. A novembre, nel periodo degli amori, il camoscio maschio ingrossa due ghiandole dietro alle corna che emanano un odore caratteristico. Se uno ha buon naso lo può sentire. E' un odore acre, forte, come di tabacco bagnato. Quando andavo a caccia con Ottavio, a volte lo vedevo fermarsi, annusare e dire: «E' passato di qui». Come gli uomini e le donne, anche gli animali hanno un proprio odore.

Una voce che mi piacerà sempre e che mi suscita forti emozioni è il bramito del cervo. E' un suono rauco, prolungato, malinconicamente dolce. Sembra provenire da remote lontananze. Pare un grido d'aiuto dalla fine del mondo. Nelle notti di settembre il bramito del cervo lascia nell'animo una traccia indelebile. Chi di voi ne ha l'occasione lo vada a sentire almeno una volta.

Pure il verso del gallo forcello è una mazzata al cuore. Sembra un diavolo che soffi fuori l'aria per non scoppiare. Poi si mette a cantare "grugolando" dolcemente. Il canto non è nemmeno parente del soffio.

Nei mesi di aprile e maggio è facilissimo sentirli. Basta che vi troviate in qualche radura di montagna non appena la notte si concede al giorno. Allora il concerto inizia, e vi assicuro che il cuore vi salterà in gola. La Val Cimoliana, dove vigila il Campanile di Montanaia, è l'ambiente giusto per i forcelli. Zone come Casera Roncada, Bregolina, Val Menon, vi aspettano per sentirli e vederli. Con un po' di pazienza potrete osservare le lotte, le baruffe che fanno per le loro femmine. Un po' come succede tra gli uomini. Ma voi, ragazzi, siate saggi, non picchiatevi per amore. Imparate a perdere. Se un amore è finito è inutile fare risse o andare a elemosina da Castagna in tv. Ritirarsi con dignità è sinonimo di saggezza, intelligenza, nobiltà.

Mio padre non mi insegnava queste cose sull'amore. Mi insegnava a dubitarne, a vendicarmi. Quando andavamo a camosci, in novembre assistevamo alle zuffe tra i maschi. Si potevano udire gli schianti delle corna ad un chilometro di distanza. Le femmine invece stavano in disparte, indifferenti, eleganti. Allora mio padre mi diceva: «Osserva e impara. Le femmine vanno con chi vince. Non con il più bravo o il più bello o il poeta, ma con quello che vince». Questi erano cattivi insegnamenti, misoginia allo stato brado.

Osservando gli animali si impara a capire quando è ora di mollare, di mettersi in disparte. Ho visto capibranco alteri e dominanti, sconfitti all'improvviso da un giovane esemplare. Se ne andavano a testa bassa. Ma senza vergogna o afflizione. Sereni, dignitosi. A volte mi davano l'impressione di essersi quasi liberati da un fardello, parevano felici. Ci si stanca a essere sempre primi.

Anche questo insegna la montagna, a perdere, a non credersi invincibili. C'è sempre qualcuno più bravo che arriva a rompervi le uova nel paniere. I record, del resto, sono lì per essere battuti. E allora fate le cose per voi stessi, perché vi piacciono, vi gratificano, vi aiutano a stare meglio. Non per competere, per vincere, per essere primi. Non serve.

Abbiamo parlato della montagna, che poi è un pezzo di natura. Bisogna che tutti ci impegnamo a proteggere la natura, creatura potente e fragile allo stesso tempo. Dobbiamo tenercela stretta al petto con la stessa forza, lo stesso affetto con cui stringiamo la nostra vecchia madre. Ma dobbiamo fare tutti un passo indietro se vogliamo salvare la montagna, la natura e noi stessi. Se vogliamo lasciare un po' di verde, un po' di terra a chi verrà dopo di noi, occorre limitare il consumo di tutto. Il problema del futuro non sarà il petrolio, ma l'acqua. E più avanti l'ossigeno.

Bisogna cominciare a togliere. Incominciamo a spegnere una lampadina. Tutti. Ricordate il primo discorso che abbiamo fatto? Togliere, eliminare orpelli, per non spremere la natura come un limone. Di questo passo la terra non vedrà la fine del terzo millennio. E forse nemmeno quella del nuovo secolo. Ma tutto non è perduto. Siamo ancora abbondantemente in tempo a salvare la madre. E tocca anche a voi, ragazzi, dare una mano. Con le vostre idee, i vostri studi, il vostro entusiasmo, con i nuovi mezzi che avete a disposizione. Ma soprattutto con la fede. Da parte mia vi voglio salutare citando una frase di Fernando Pessoa, vergata per se stesso, a mo' di epitaffio. "Quando l'erba crescerà sulla mia tomba, sia quello il segnale per dimenticarmi del tutto. La natura mai si ricorda, e perciò è bella. E se avessero la necessità morbosa di "interpretare" l'erba verde sulla mia tomba, dicano che io continuo a rinverdire e a essere naturale".

Ciao a tutti e buona vita!

Mauro Corona
dall'osteria "Gallo Cedrone"

INDICE

CHAOS

1. Gina Marpillero, Mê mari 'a diseve. Raccolta di vecchi modi di dire, filastrocche e storie.
2. Gina Marpillero, Donne friulane.
3. Mauro Corona, Le voci del bosco.
4. Marco Paolini, Bestiario Veneto, Parole mate.
5. Gina Marpillero, Essere di paese.
6. Tito Maniacco, Genesi.
7. Maurizio Bait, Federico Tavan la strega sulla testa.
8. Alberto Garlini, Friulani brava gente.
9. Mauro Corona, Finché il cuculo canta.
10. Li noleggio, La banda delle cataste. I ragazzi del Friuli anni Cinquanta.
11. Ercole Marano, Memorie di un contadino.
12. Ezio Vendrame, Un farabutto esistere.
13. Marco Paolini, L'anno passato.
14. I Papu, Son problemi! Problemoni! Tragedie!
15. Fausto Pajar, Aquile, falchi, orsi e camosci. A Nordest e dintorni.
16. Gina Marpillero, Novecento friulano.
17. Maria Facci, Memorie dal fienile. Il mondo contadino veneto.
18. Giancarlo Ferron, Ho visto piangere gli animali.
19. Frank Lloyd Wright, La semplicità. In preparazione.
20. Daniela Castellani, Gli occhi del lupo.
21. Lorenzo Busson, Studenti serpenti. Una scuola a Nord Est
22. Manlio Padovan, La terra mi ha parlato. Vita e morte del contadino.
23. Gina Marpillero, Le voci dei fiori.
24. Franco Del Moro, Faccio libri vendo libri.
25. Mauro Corona, Gocce di resina.
26. Pier Gaspardo, Notti da Leone La leggenda del Rototom Sunsplash.
27. Virgilio Scapin, I magnagati.
28. Fabrizio Pitton, Le voci del mare.
29. Giancarlo Ferron, Ho sentito il grido dell'aquila.
30. Davide Toffolo, Carnera. La montagna che cammina.
31. Giuseppe di Ragogna, Vajont. Un grande romanzo dimenticato. Presentazione di Mauro Corona.
32. David Maria Turoldo, Il mio vecchio Friuli.
33. Paola Drigo, Maria Zef.
34. Lorenzo Busson, Bar Nord Est.
35. Ulderico Bernardi, Addio Patria. Emigranti dal Nord Est.
36. Dizionario Italiano-Friulano - Furlan-Talian
37. Gina Marpillero, Dai bauli della memoria
38. G. Ardinghi - J. Tessaro, Vu' cumprà
39. Paolo Cossi, Corona, l'uomo del bosco di Erto
40. Isabella Zorzi, Manuale di buona educazione per le ragazze del NordEst
41. Ezio Vendrame, Le cose della vita
42. Mauro Corona, La Montagna. CD e nuovo libro
43. Marcus Parisini, L'anima degli animali.
44. Davide Toffolo, Intervista a Pasolini

45. Ezio Vendrame, Se mi mandi in tribuna, godo
46. Edoardo Pittalis, Dalle Trevenezie al Nordest - I° volume
47. Michele Dalla Palma , -50° +70°, La lunga spedizione
48. Gianfranco Zigoni, Dio Zigo pensaci tu
49. Silvia Zetto Cassano, La casalinga inadeguata
50. Giorgio Moro, Manera il bandito
51. Giancarlo Ferron, Il suicidio del capriolo
52. Maurizio Cattaruzza , La Triestina
53. Paolo Cossi, Tina Modotti
54. Marcus Parisini, Il mio caro vecchio lupo
55. Fabio Verlato, Ho paura
56. Ezio Vendrame, Vietato alla gente perbene
57. Don Antonio Zanette, Un prete di campagna
58. Edoardo Pittalis, Dalle Trevenezie al Nordest - II° volume
59. Daniela Castellani, Il popolo dell'aria
60. Tina Anselmi, Bella ciao
61. Luigi Maieron, La neve di Anna
62. Giacomo Agostinetti, Il buon contadino
63. don Chino Biscontin, Le ultime ore di Gesù
64. Ezio Vendrame, Il mio cuore stuprato
65. Roberto Gargiulo, La battaglia di Lepanto. 7 ottobre 1571
66. Adriano Del Fabro, Ninna nanna bel bambin
67. don Chino Biscontin, San Francesco
68. don Giancarlo Stival, Il buon Dio dei nonni
69. Maria Facci, La casa della memoria
70. Enrico Galiano, Vecchi fuori. Vita quotidiana in casa di riposo
71. Marcus Parisini, L'anima degli indiani
72. Gigi Dal Bon, Karica Vitale. Carriera di un tossico
73. Lance Henson, Sand Creek
74. Paolo Cossi, Mauro Corona. La montagna come la vita
75. don Chino Biscontin, Lettera ai ragazzi
76. Edoardo Pittalis, Il sangue di tutti, 1943-1945 in Triveneto
77. Marcus Parisini, Creature di Dio. Gli animali del bosco
78. Gina Marpillero, Storie di cortile e di corriera
79. Davide Zaninotti, La notte del cacciatore
80. Elide Gasparotto - Enrico Galiano, Piccole storie a Pordenone
81. Stefano Polzot - Giuseppe Ragogna, Dai gelsi al computer
82. David Maria Turoldo, Natale. Torna Gesù bambino
83. Domenico Buffarini, Il sentiero delle lacrime. Volume I
84. Giancarlo Ferron, I segreti del bosco
85. don Chino Biscontin, Come è fatto un Cristiano
86. Edoardo Pittalis, La guerra di Giovanni. L'Italia al fronte. 1915-1918
87. Paolo Lutman, Non che l'ombra faccia sempre paura
88. Arrigo Bongiorno - Elio Ciol, L'Anima dei Friulani
89. Federico Tavan, Augh!
90. Tiziana Agostini, Le donne del Nordest
91. Domenico Buffarini, Il sentiero delle lacrime. Volume II
92. Pietrantonio Bellina, a colloquio con Marino Plazzotta, La fatica di esser prete
93. Syria Poletti, La linea del fuoco
94. Giacomo Miniutti, Fermiti un lamp! Storie di una valle dimenticata
95. Massimiliano Santarossa, Storie dal fondo
96. Enrico Galiano, Italiani al ristorante
97. Marcus Parisini, La danza degli alberi

98. Ornella Lazzaro, Le amare erbe
99. Roberto Covaz, Niente da dichiarare
100. Luciano Padovese (a colloquio con Giuseppe Ragogna), Nulla da buttare
101. Roberto Covaz, Le abbiamo fatte noi
102. Fabio Verlato, Im...possibile
103. don Chino Biscontin, Il respiro dell'anima
104. Pietrantonio Bellina, La fabbrica dei preti
105. Fausto Pajar, Santi montanari
106. Anna Labombarda, E tutti vissero felici e contenti
107. Ivan Malfatto, Primo Carnera
108. Marcus Parisini, L'anima del lupo
109. Giacomo Miniutti, Bastava un tic
110. Adriano Roncali, Gli orsi della Val Mesath
111. Max Solinas, In silenzio tra gli alberi
112. Max Calderan, La forza dentro
113. Giovanna Simonetti, La prima notte di nozze
114. don Domenico Sigalotti, Arcobaleno di fiabe. Un prete racconta
115. Domenico Buffarini, Il sentiero delle lacrime. Gli Indiani Volume III°

Finito di stampare nel mese di aprile 2009
dalla Tipografia Sartor in Pordenone per conto della
Edizioni Biblioteca dell'Immagine di Pordenone